桜姫

近藤史恵

角川文庫
15027

桜姫

人はどのくらいかなわぬ思いを抱き続けることができるのだろうか。

どんなに思い続けても、それが無理な願いである以上、どんな人でもいつかは疲れ果ててしまうのではないだろうか。

そうして、疲れることは、許されることと似ているのではないのだろうか。


郵便受けに手をかけると、はらり、と一枚の封筒が落ちた。

桜色の、その封筒を拾い上げる。裏には「千草会」とだけ書かれている。裏返すと、「ご招待券在中」という文字。

首を傾げる。千草会という会は知っている。たしか、大部屋の歌舞伎《かぶき》役者達が、自分たちで運営している勉強会だ。だが、そのような会から、招待券を貰《もら》う理由などない。

なにかの間違い、あるいは少しでも梨園《りえん》に関係のある人には、片っ端から送りつけているのかもしれない。

わたしはその封筒を、ほかのダイレクトメールとまとめて下駄《げた》箱の上に置き、そうして、すぐに忘れてしまった。

忘れたはずだった。けれども、土曜日の朝、わたしはふいにその封筒のことを思い出した。たとえ、招待券が入っていたとしても、もう公演は終わってしまっているだろう。そう思いながら、封筒を引っぱり出した。

招待券に記されていたのはまさにその日の日付だった。その偶然が好ましく思えて、わたしはその舞台を見に行くことにしたのだ。今まで一度だって、歌舞伎を見たい、などと考えたことはなかったのに。

わたしは思い出す。たとえ、どんな偶然や、もしくは悪意が存在していたとしても、最初になにかを望んだのは間違いなくわたしだったのだ。

第一章

吐き気がした。

まただ。単なる重石のようになってしまった頭を振り、意識を呼び戻す。身体には、落下する最中のような浮遊感がまとわりついている。

なんとか、身体を起こす。

そこは、見たことのない小さな部屋だった。記憶の中から似たものを探す。医務室。ステンレスの薬棚や、小さな洗面台、琺瑯《ほうろう》の洗面器がある。

寝かされているのは、狭い寝台だった。ころんとした革の枕《まくら》が頭の下にあった。

わたしは記憶の中を探った。なぜ、こんなところに寝ているのかはわからない。たぶん、また貧血でも起こしてしまったのだろうけど。

思い出す。たしかお芝居を見に来たのだ。三階《さんかい》さんたちの勉強会。演目は「桜姫東文章《さくらひめあずまぶんしょう》」、若手の勉強会にしては派手で大きな演目だ。

そう考えて、わたしは苦笑する。門前の小僧なんとやら。一度だって、積極的に歌舞伎に関わったことなどないのに、意味もなくこういう知識は蓄えられている。もう、家を出て三年にもなるのに。

お芝居はおもしろかった。鮮烈なストーリー展開、お姫様とならず者と破戒僧の三角関係だなんて、さすが鶴屋南北だ。

その芝居の途中から、わたしの記憶は消えていた。急に気分が悪くなった記憶だけが、かすかな糸口のように残っている。

扉が開いた。

「あ、気がつきましたか?」

浴衣《ゆかた》姿の青年がわたしを見下ろしていた。背の低い、華奢《きやしや》な身体つきに、藍色《あいいろ》の浴衣が馴《な》染《じ》んでいる。ふくよかな頰《ほお》と、きりりと描かれた眉《まゆ》。どこか焦点のずれたような目つきにも、引き結ばれた柔らかそうな唇にも見覚えはなかった。

(少なくとも、うちのお弟子さんじゃないわね)

まだ頭は朦朧《もうろう》としているのに、わたしはやけに冷静にそう考える。

「大丈夫ですか?」

重ねて問いかける彼に頷《うなず》いた。

「ええ、貧血症なんです。でも、もう大丈夫だと思います」

彼は安心したように、歯を見せて笑った。歯並びが悪いせいで、整った顔が崩れて妙に人なつっこい笑顔になる。

「よかった。心配していたんです」

そう言ってから、彼は少し黙った。表情に影が差す。

「すいません」

「え？」

唐突に謝られて、わたしは戸惑った。

「小乃原笙子《おのはらしょうこ》さんですよね。あなたに招待状を送ったのはぼくです。そのせいで、こんなことになってしまって」

わたしはもう一度、彼をまじまじと見た。

「ええと、どこかでお会いしましたっけ」

「お会いしたことはありません。蔵本京介。芸名は中村銀京《ぎんけい》。深見屋の名題下《なだいした》の役者をやっています」

深見屋さんとうちは、そんなに近しい関係じゃない。その三階さんが、なぜ、わたしに招待状を。

彼はもう一度繰り返した。

「あなたとは、お会いしたことはありません」

「じゃあ、どうして」

目を伏せる。薄い唇が開いた。

「あなたのお兄さんに、お会いしたことがあります。だから、あなたに会いたかったのです」

わたしは、口を開けた。

なにかを言おうとしたのだが、ことばにならなかった。ただ、怒濤《どとう》のようにいろんな感情に押しつぶされそうになりながら、彼をじっと見つめていた。

わたしも、あなたを探していた。

玄関の引き戸を開ける。できるだけ、静かに開いてほしい、と思ったのに、古い引き戸はがらがらと派手な音をたてた。

「はーいー」

暗さの欠片《かけら》もない声が奥からして、遠藤さんがスリッパの音をたてながら出てきた。

「まあ、お嬢さん」

人の良さそうな顔に、驚きの表情が浮かぶ。わたしがこの家に、行事でもないときに戻ってくるなんて、そうあることじゃない。

わたしは、少し肩をすくめて笑った。どこか苦々しい笑顔になってしまったことが自分でもわかる。

「こんにちは」

ただいま、とは言いたくなかった。

「用事で近くまできたの。前から持って帰りたいものがあったから、ついでに、と思って」

「まあまあ。旦那《だんな》様は、ちょうど今日から国立劇場なんですよ。午前中ならいらっしゃったのに」

知っている。だからこそ、この時間を狙《ねら》ってきたのだ。遠藤さんだって、そんなことはわかっているはずだ。もう十年近くうちで家政婦をやっているのだから。

この、陽性の女性には、わたしと父が不仲であることがどうしても理解できないようだった。理解できないから、気づかないふりをする。わたしが見に行かないのを知りながら、父の芝居の切符を送りつけ、父が新聞や雑誌で取り上げられると、まっさきにわたしに知らせてくる。父のいる時間を避けてわたしが家に戻ったときも、彼女はまるで、わたしが間違って父のいない時間に帰ってしまったように振る舞うのだ。

たぶん、父に対してもそうなのだろう。普通に娘を愛している父親に話すように、わたしの話などを聞かせるのだろう。そうして、父も、彼女の話を遮ることなく、表面だけ笑顔を浮かべて聞くのだろう。わたしと同じように。

なんのかのと言っても、わたしと父は少し似ているのかもしれない。

わたしは上がり框《かまち》に座ってサンダルを脱いだ。

「お夕飯は食べていかれるんでしょう。旦那様は初日だから遅くなると思いますが」

「残念だけど、時間があまりないの」

少しも残念だと思わずに、わたしはそう言う。

「今日は、すぐ帰るわ。また、時間のあるときにゆっくりくる」

「そんなことおっしゃっても、滅多にお帰りにならないじゃないですか」

「忙しいのよ」

わたしは彼女を軽くいなして、そのまま二階へと上がる。遠藤さんはそれ以上追ってこようとはしなかった。

自分の部屋の扉を開ける。わたしが出ていったときのまま、なにも動かされず、なにも運び込まれずになっている部屋。定期的に掃除してあるのか、埃《ほこり》の気配もなかった。

ここにあるものは、すべて捨てていいと言ったはずなのに。わたしはそう思って苦笑する。

子どもの頃に大事にしていたぬいぐるみや、高校生の頃の参考書やノート。タンスの中には、もう着ることもできない服ばかり残っているのだろう。華奢《きゃしゃ》な少女だった頃に着ていた服。

キャラクターもののクッションを引き寄せて、わたしは本棚の前に腰を下ろした。下の段からアルバムを取り出す。この部屋にはアルバムはこの一冊しかない。いや、わたしのアルバム自体が、この世にこれひとつしかないのだ。

赤ちゃんの頃の写真などない。あるのは小学校の遠足や卒業式、中学の修学旅行など、望まなくても写真を撮られるシチュエーションのものだけだった。そう、誰にも愛されていない子どものアルバム、というのはたぶんこんなものなのだろう。

わたしが母の娘ではないことを知ったのは、いつ頃だっただろう。ずいぶん早かったような気がする。少なくとも、どうしてもそれを隠そう、という動きはわたしのまわりにはなかった。子どもが大人になる過程でいろんなことを知るように、その事実は自然にわたしの耳に入ってきた。

その事実よりも、わたしは、誰もがわたしが傷つくことに配慮していない、ということに傷ついたのだ。

わたしはアルバムの最後のページをめくった。そこに一枚の写真があるはずだった。乾いた質感の、色焼けしたカラーの写真。

そこにはまだ小学校に上がったばかりのような少年が、怪獣の玩具《おもちゃ》を手に笑っていた。消し炭のように真っ黒に焼けた少年は、この世のすべてを手にしたような笑顔を浮かべていた。

そう、これがわたしの兄だ。

彼は窓際の席にいた。

銀座通りの人波を、大きな窓から見下ろしながら、煙草を吸っていた。

わたしが声をかける前に気づいて、彼は軽く頭を下げた。煙草をもみ消して、立ち上がる。

「すみません、わざわざ」

わたしは首を振って、彼の斜め前の椅子《いす》に腰を下ろした。彼も続いて座る。

「蔵本さんこそ、舞台は大丈夫なんですか？」

「今月は昼の部の一幕目と、夜の部のキリが出番なんです。だから、その間、暇でしょうがないんですよ。銀座じゃなくてもよかったのに」

浮かべた笑顔が、残像のようになにかと重なる。

（そなたの、女房とやら）

あ、と思わず声を出してしまっていた。

「どうかしましたか？」

「桜姫」

気づかなかった。この前の舞台で、あの、あでやかで淫蕩《いんとう》な桜姫を演じていたのは、この青年だったのか。

彼は、わたしの言いたいことに気づいたらしく、ああ、と頷《うなず》いた。

「大役だったので緊張したんですよ。楽しんでいただけたのならよかったんですが」

「よかったです。とても」

姫君でありながら、ならず者の釣鐘権助《つりがねごんすけ》に恋をして、腕に思い人と同じ彫り物をする。そうして、その権助に女郎づとめまでさせられるヒロイン。だが、彼女には悲劇の気配など少しも感じられない。そこにあるのは、女という存在のふてぶてしさだ。

釣鐘の彫り物が、腕が細くて風鈴に見える、という理由で「風鈴お姫」と呼ばれるようになった彼女を思い出す。

場末の女郎の伝法な言葉遣いの中に、ところどころ生まれつきの姫ことばが混じる、高貴と卑賤《ひせん》の境界線上のヒロイン。

彼はそれを、名題下とは思えないような存在感で、見事に演じきっていた。

わたしがぼんやりしている間、彼は傍らに置いた紙袋の中から、二枚の写真を取りだした。

「見てください」

つ、とそれをわたしの方に差し出す。

古びた写真だった。ずいぶん長いこと持ち歩いていたのか、端がぼろぼろになっている。

わたしは写真を引き寄せた。一枚目に写っているのはふたりの少年。片方は、今、目の前の彼だということがわかる。少しふっくらとした頰に、引き結ばれた唇。そうしてもう片方の少年は。

「兄です。間違いありません」

わたしは、自分のバッグの中から、実家から持ってきた写真を差し出した。

二枚の写真の中にいる少年は、明らかに同一人物だった。彼の写真の方が後なのか、少しだけ大人びた表情になっている。だが、顔立ちも同じなら、かぶっている野球帽も同じだった。

もう一枚の写真を手に取る。また少し後なのだろう。少しだけ成長した兄がひとりで写っていた。服は違うけれど、同じ野球帽をかぶって。

「同じ帽子、かぶっていますね」

ちょうど、同じことを考えたのか、彼もそう言った。

「お気に入りだったのよ」

反射的にそう言っていた。それに気づいてわたしの背筋は凍る。わたしは兄を知らない。知らないはずなのだ。

気分を落ち着けるために、コップの水を一口飲む。もう一度、彼が持ってきた方の写真を手に取った。

「これ、大磯《おおいそ》の別荘ですよね」

わたしも二度ほど行ったことがある。もう十年以上も前に売られてしまったけれど。

彼は頷いた。

「そうです。ぼくはその近くに住んでいました。一年に一度だけ、別荘に音也《おとや》さんがやってくると、必ず一緒に遊びました」

彼の口から出た兄の名前を、わたしはどこか物憂いような気持ちで聞いていた。その名をはっきりと耳にするのは本当にひさしぶりのことだ。わたしのまわりでは兄の名前は、禁句のようになっていたから、自然にわたしもその名前を口に出すことを、禁忌のように考えていた。

彼は、いともたやすく、その禁忌を踏みにじってみせた。それに力を得て、わたしはもう一つの禁忌を口に出す。

「兄が、死ぬまでですね」

「そうです」

息が詰まりそうだ。わたしは、大きく深呼吸をした。

「わたしも何度か、大磯の別荘に行きました。あなたと会ったかしら」

「会ったかもしれませんね。本当にすぐ近所でしたから、けれども音也さんが亡くなってから、わたしは鍋島屋《なべしま》さんの別荘には、あまり関心を払いませんでした。友だちを失った悲しさを紛らわせるために、わざとそうしたのかもしれない」

友だち、と彼はもう一度繰り返した。

「一年に一度か二度しか会わなかったけれど、ぼくにとって音也さんは大事な友だちだった。彼がくるのが待ち遠しかった。彼に教えられて芝居ごっこをやったんです。もちろん、田舎の小学生だったぼくは、歌舞伎なんか見たことはなかったけど、彼が語る物語はひどく魅力的に思えた」

「だから、役者になったんですか？」

「そうですね。最終的に養成所に入るところまでいったのは、たしかに歌舞伎の魅力に憑《つ》かれたからですが、きっかけを作ったのは間違いなく音也さんです。彼がいなければ、ぼくは一生、歌舞伎になんて関わらずに生きていたに違いない」

彼は、写真を自分の方に向けた。愛《いと》しげに視線を注ぐ。

「もし、役者になれたら、必ず音也さんにお礼を言おう、そう思っていたんです。図々しいかもしれないけれど、鍋島屋さんにお願いして、一度だけお線香をあげさせてもらおう、と」

それを聞いたときの父の反応は、容易に想像できる。

「怒ったでしょう。あの人」

「いえ、怒られはしませんでした。ただ、静かな声でこちらを見もせずにこう言われました。『その話は二度とするな』と。あとで、鍋島屋さんの兄さんたちにずいぶん怒られましたよ。無神経だ、ってね」

「普通なら、もう忘れてもいいはずだわ」

十五年。いくら子どもを失った親でも、悲しみを押し隠すことができるだろう。だが、父は忘れようとはしない。跡継ぎとなるべき息子がいない、ということは、彼にとって決して過去にはならないのだ。

彼はまだ、写真を見つめている。わたしは尋ねた。

「わたし、今実家を出ているんです。でも、父がいない時間を狙《ねら》って一緒に行けば、お線香をあげられると思います。どうしますか？」

意外にも、彼は首を横に振った。

「いえ、それはもういいんです」

「じゃあ……」

どうしてわたしと話をしたいと思ったのか、そう尋ねようとしたとき、彼の目がふいに鋭くなった。

まるで、猛禽《もうきん》を思わせるような視線。

「ぼくは、あなたに不愉快な思いをさせるかもしれません」

わたしは言葉に詰まる。いったい、彼はなにを言おうとしているのだろう。

彼は紙袋から、一枚のコピー用紙を出した。

わたしに向かって差し出す。どうやら、それは演劇専門誌の一ページらしかった。

「市村朔二郎の息子、病死」

週刊誌ではないから、センセーショナルな扱いではない。淡々とした調子で書かれた記事だった。

「市村朔二郎の長男、音也くんが八月八日、東京都の病院で、急性腹膜炎のため死亡した。享年十歳」

「これをよく見て下さい。これは彼が亡くなった年です」

彼は静かに写真の日付を指さした。
85．8．12
白く焼き付けられた数字をわたしは見つめていた。

ようやく口を開く。喉《のど》が引きつれたように乾いていた。

「カメラの日付設定が間違っていた、ということはありませんか」

「ぼくもそう考えました。念のため、実家にあった小学生の頃の日記を探し出しました。たしかに十二日には『音也くんとあそんだ』と書いてあります。もちろん」

彼はことばを飲み込んだ。わたしを凝視する。

「小学生の言うことだ。信用してもらえないのは仕方がない」

自分の膝《ひざ》が小刻みに震えているのに気づく。

「そう、これに気づいたのは偶然です。本当に偶然。ちょうど、昔の役者さんの芸談を読みたくなって、図書館で古い演劇雑誌を探していたんです。そうして、この記事を見つけた」

「記事自体が間違っているとしたら？」

「それはありません。当時の新聞も調べました。子どもでも歌舞伎役者の息子だ。小さく訃《ふ》報《ほう》欄に載っていましたよ」

頭の中でぐるぐるといろんな考えがまわる。この人に、わたしの疑惑を話しても大丈夫なのだろうか。ほかの人のように笑ったりはしないだろうか。

だが、すぐに気づく。この人しか、聞いてくれる人はいないのだ。誰もが兄のことを忘れようとしている中、この人だけが兄のことを考えていてくれたのだ。この人を失うと、ほかには誰もいない。

わたしは膝の上の手を握りしめた。

「お話ししたいことがあるんです」

彼の目が疑問形に細められる。

「大事な話なんです。こんなところで、話せるようなことじゃない」

わたしは息を吐いて、ことばを続けた。

「今日じゃなくてもいいです。わたしの部屋にきてもらえますか？」

知り合ったばかりの男性を部屋に誘う。それがふしだらな意味に受け取られることは、少しも怖くなかった。

男をベッドに誘うよりも、あのことを告白する方が、わたしには勇気が必要だった。きっと、話せばわたしは泣いてしまうだろう。外でそんな醜態はさらしたくない。

彼は少し驚いて、でも、頷《うなず》いてくれた。


記憶の中の兄は、まっすぐな目でわたしを見上げていた。そんなはずなどない。わたしが彼を見上げることはあっても、彼がわたしを見上げているはずはない。

けれども、頭に浮かぶのは、上目遣いの挑むような視線だけだ。その中に隠しようもない敵意を見つけて、わたしはうろたえる。

だが、うろたえているのは今のわたしだ。そのときのわたしはどんな顔をして、彼を見下ろしていたのだろうか。

向き合った他人の目こそが、自分を映す鏡ならば、わたしは彼以上に冷たい目で、少年を見下ろしていたのだろう。

母はいつも優しかった。

わたしのためにホットケーキを焼いてくれた。人形の服もたくさん作ってくれた。いつも笑っていた。

けれども、わたしはすでに、彼女がわたしの本当の母ではないことを知っていた。ほの暗い台所で、母が洗い物をしている間、ぎしぎしと鳴る水屋にもたれて、母の横顔を眺めていたことが、何度もある。

わたしは母の手を握りたかったのだ。

濡《ぬ》れて、冷たくて、でも芯《しん》はぬくい掌《てのひら》に、自分の小さな手をもぐりこませたい、と思っていたのだ。

たとえ、そうしても母は怒らないだろう、と思った。少しだけ驚いて、そうして微笑《ほほえ》んで、こういうのだろう。

「どうしたの。笙子ちゃん」

けれども、わたしにはできなかった。わたしはすでに知ってしまっていた。人が、顔では微笑みながら、心で別のことを考えることができる、ということを。わたし自身がそうしているのだから。

母が微笑みながら、別のことを考えるかと思うと、それがなによりも恐ろしかった。

わたしは母の濡れた手を思いながら、ただ、水屋に背中を押しつけているだけだった。

台所はほの暗く、水音だけが高く響いていた。


その日の夜、銀京さんは約束の時間ちょうどに、やってきた。玩具みたいなケーキの箱を持って、わたしの部屋のベルを鳴らした。

ずっと落ちつかなかったわたしは、救われたような気になりながら、ドアを開けたのだ。

「すみません。こんな遅くに」

彼は、小柄な身体をさらに折り曲げるようにして部屋に入ってきた。

「そんな。わたしこそ、舞台が終わってお疲れになっているのに、お呼びたてしてしまって」

「いいんですよ。どうせ、約束がなければ、兄弟子とかと飲みに行くんです」

また、八重歯がのぞく。ほんの少しだけ、心が溶かされる気がした。

ワンルームの狭い部屋には、それほど居場所はない。キッチンの狭いテーブルを挟んで、わたしたちは座った。

「ビールとか飲みます？」

彼は苦笑いして、手を振った。

「いえ、やめときます。悪酔いしそうだ」

そう、わたしたちはこれから死者の話をするのだ。そう思うと背筋が、風邪の前触れのように強《こわ》ばる。

わたしは濃いコーヒーを淹《い》れた。ケーキを出そうとすると、彼はこれも断った。それ以上すすめるものも見あたらず、わたしは彼の前に腰を下ろす。

なにから話せばいいのだろう。わたしは一生懸命ことばを選んだ。

「わたしが、鍋島屋にとってどういう存在の娘であるか、知っていますよね」

彼は口の中で「どういう存在？」と小さく聞き返した。

わたしは覚悟を決めて、そのことばを口に出した。

「愛人の子」

自分で言ったはずなのに、そのことばは他人に投げつけられたように鮮やかだった。わたしはまだ、このことばを乗り越えられない。

彼の顔が緊張した。だが、すぐに頷く。知らないはずはない。有名な話だ。本妻の生んだ男の子は十になるかならずかで死に、愛人に生ませた女の子が無事に育つ。舞台の裏ではこの出来事が皮肉っぽく語られているのだろう。

「兄が、市村音也が病死したからわたしが引き取られたんです。わたしはそう聞いて育ちました」

そこまでは彼も知っている話だろう。わたしは顔を上げる。だが。

「おかしいと思いませんか？　わたしが男だったならそれもわかります。跡継ぎがいなくなったから、愛人の子を引き取る。でも、わたし、女です。わたしを引き取っても、鍋島屋にはなんのメリットもない」

「それは……。跡継ぎよりも、自分の子どもがほしかったんでしょう。鍋島屋さんは」

わたしは首を振る。彼は知らないからそんなことを言うのだ。父の、わたしに対する冷たい態度を。愛情などない、他人の子供を見るような冷たい目を。

「わたし、思っているんです。わたしが引き取られたのは、兄の死とは関係ないんじゃないか、と。兄が死ぬ前に、わたしはすでに引き取られていたんじゃないか、と」

「そう思う理由があるんですか」

「わたし、兄のこと覚えているんです」

母は何度も否定した。わたしと兄は会ったことなどない、そう言って笑った。だが、わたしの頭の中には、兄の顔や声、身につけていた服などがはっきりと残っている。

それだけではない。わたしはもっとおぞましいことを覚えている。

「わたし……、わたしが兄を殺したんじゃないかと思っています」

彼は曖昧《あいまい》な笑顔を浮かべた。わたしの言っていることを本気で受け止めていいのか、迷っているようだった。

「何度も夢を見るんです。兄の首を絞める夢です。小さい頃から、何度も、何度も」

「まさか！」

彼は乾いた笑い声をあげた。

「気のせいですよ。そんなの単なる夢だ」

「じゃあ、あなたの持ってきた写真はなんなんですか？　兄が病死したと言われている四日後の写真」

彼が凍り付くのがわかる。口を少し開けて、そしてまた閉じた。

「兄は、病死したんじゃないんです」

わたしが殺した。

その確信をあなたが与えてくれたのだ。


予想していたとおり、わたしは泣いた。嗚咽《おえつ》が喉《のど》からきりもなく洩《も》れる。息をするのも苦しかった。

なにかが堰《せき》を切ったように溢《あふ》れ出していた。汚れた、重い感情がまるで鉄砲水のようにわたしを押し流す。

銀京さんに申し訳ない、と何度も思った。彼はきっと困惑して、訪ねてきたことを後悔しているだろう。だが、涙はどうしても止まらなかった。

気づかぬうちに、彼はわたしの足下にしゃがみこんでいた。嗚咽でぐしゃぐしゃになった顔を見られるのが辛《つら》くて、顔をそむける。

いつのまにか、彼の手はわたしの背中に押し当てられていた。そのまま、腕の中に抱きこまれる。

空気はひどく冷たいのに、彼の胸元はかすかに汗ばんでいた。衝動的にそこに顔を押しつける。

彼の手がわたしの髪に触れた。まるで子どもにでもするようにゆっくりと髪を撫《な》でる。まるで、その手の体温の高さが特効薬でもあるかのように、わたしの嗚咽は静かに治まっていった。

掌は、ゆっくりと背中へと下りていく。

不快ではない。だが、全身の神経が表皮を剝《は》がされたように鋭くなる。わたしは彼の肩にしがみついた。彼は息を呑《の》んだように、しばらく動かなかった。

顔を上げて、彼を凝視した。彼は一瞬だけ戸惑った。だが、次の瞬間、わたしの首筋をきつく押さえつけて、唇を重ねてきた。

そのあとのことは、朦朧《もうろう》と曇っていて、しかも甘い。

もつれた足でベッドカバーの上に倒れこんで、お互いの服を引き剝いだ。

彼は前戯もそこそこにわたしに押し入ってきた。何度か経験のある痛痒《いたがゆ》い感覚とともに、ひどく漠然とした、くどいような甘さが全身に広がるのを感じて、わたしは動揺する。後頭部の内側に鈍器で殴られたような衝撃が起きる。それは際限もなく繰り返されて、わたしは悲鳴を上げた。

彼は、それほど時間もなく、果てた。わたしの身体は果てなかったはずなのに、息が上がって体を動かすこともできなかった。

まるで、脳や心をすべて引きずり出されて犯されたような感覚に襲われたまま、わたしは息を吐き続けていた。

彼は身体を起こして、横たわったままのわたしを見下ろした。

甘くうつろに曇った頭で考える。

わたしはこの男に壊されるかもしれない。

第二章

「なにぼうっとしてるんだい、小菊ちゃん」

通りすがりに、誰かがわたしの肩をどんと押した。

その拍子に手鏡が下に落ちた。わたしは我に返って、手鏡に手を伸ばして拾い上げた。持ち手に繋《つな》いだ小鈴がちりりと鳴る。

身体を起こす瞬間につぶやきが洩《も》れた。

「気に入らないね」

隣で支度をしていた兄弟子の菊枝兄さんが眉《まゆ》をひそめて、こっちを見た。

「またかい、よっぽどいやだったと見えるね。小菊ちゃん」

わたしは返事をせず、肩を軽くすくめて見せた。

「あたしにゃ、これ以上はないいい話に思えるけどね。あたしがあんただったら、小躍りして喜ぶよ」

兄さんは呆《あき》れたように笑いながら言う。

「ああ、いい話さ。でも、わたしゃ、分不相応な、よすぎる話ってのはどうも苦手なんですよ。背筋と鼻がむずむずしてくるんだ」

「そりゃ、用心深いねえ」

浴衣《ゆかた》の膝下《しっか》をぱん、と叩《たた》いて皺《しわ》をのばして立ち上がる。

「ま、あまり気にせず、素直に喜べばいいんじゃないかねえ。どうせ、断ることもできないんだろう」

図星をつかれて思わず呻《うめ》く。そう、わたしはどんなに気に入らなくても、この話を断ったりしないだろう。

瀬川小菊。たかが三階《さんかい》の名題下《なだいした》の女形であっても、役者魂は持っている。みすみすいい役を演じる機会を逃すつもりはない。

なんだかんだで歌舞伎《かぶき》の世界に入って十年以上経つ。梨園《りえん》に生まれたわけでもなく、小さい頃から踊りを習っていたわけでもない。十代の頃、なんの気なしに入った歌舞伎座で、わたしは歌舞伎という、時を経た壮大な魔物に出会った。それに魅入られたように、大学を中退し、歌舞伎役者を養成する研修所に飛び込んで、選んだ役者という道だった。

名門の出でもなんでもないから、くる役はだいたい腰元や仲居。台詞《せりふ》がもらえりゃ御《おん》の字だ。それこそが三階の仕事と割り切ってはいたけれども、役者に生まれたからには、一度くらいはいい役を演じてみたいと思ってきたのだ。

けれども、このなんともいえない不快感はいったいなんなのだろう。

弟弟子の鈴音が、先ほど息を切らしてこの大部屋に駆け込んできた。

「小菊姐《ねえ》さん！　千草会の『桜姫』が本公演になるって」

あん？　とわたしは、くだらない冗談を聞いたかのようにせせら笑った。まさかそんなことなどあるわけはないと思ったから。

「千草会」というのは、わたしのような養成所出身の若手三階役者が集まって作っている会だ。本公演の合間を縫って、年に一度、勉強会を開いている。普段は決して演じられないような、主役級の役を演じてみるのだ。

もちろん、この先も本公演でそういう役を演じる機会など、一生こない。だが、シンの役者さんの立場を知ることも、大部屋役者にとって大きな勉強である。そのための勉強会なのだ。

その千草会で、今年、上演したのが、鶴屋南北の「桜姫東文章《さくらひめあずまぶんしょう》」だった。鈴音はそれが、本公演として上演されることになった、と言うのだ。

頭から信じなかったわたしに、鈴音は説明を続けた。

「本当なんだってば。さっき、会社の方から正式に発表があったらしいよ」

詳しく聞いてみれば、本公演といっても、歌舞伎座や国立劇場の大舞台というわけではない。最近できたばかりの、普段は小劇場などやっているような劇場で、しかも三日ほどの公演らしい。

「勉強会をその劇場のオーナーが見に来ていたんだってさ。それで気に入ったんだとか」

装置や衣装は勉強会のがそのままある。（といっても、それらも本公演のお古だが）役者も大部屋ばかりだから、そう高いギャラが必要なわけではない。たしかに、それならまったく不可能なことではない。

ただ、あまり例がないと言うだけだ。

わたしはその公演で、局《つぼね》、長浦の役を演じていた。脇《わき》を固める重要な役だし、出番や台詞も多い。勉強会の配役は持ち回りだから、自分がいい役のとき、こんなチャンスがまわってくるなんて、たしかに幸運だと言えるだろう。

ただのにわたしはため息をつく。いつのまにか、指先はちり紙をこよりにしていた。あたりに散った紙屑《かみくず》を拾い集めて立ち上がる。

菊枝兄さんが斜めに見上げた。

「覚悟を決めたかい」

わたしは肩をすくめた。

「ああ、愚痴はまだ言い足りないけどね」

まっすぐ部屋に帰るつもりだったのに、自然に足は違う方向へ向いていた。どうやら、愚痴る相手を欲していたらしい。

勝手知ったる他人の家、てな具合に、郵便受けから郵便物の束を取り、階段をかけあがる。目的の部屋の前で、ちらりと表札を見上げた。

「今泉文吾探偵事務所」

ロゴに凝るわけでもなく、目立つ色に塗るわけでもなく、無愛想な表情でかかっている表札から目をそらすと、わたしはドアホンを鳴らした。

約束をしていたわけではないから、いないかもしれない。一瞬不安になったが、数秒後人の気配がして、ドアが開いた。

「なんだ、小菊か」

珍しく無精ひげなどをはやし、ぼさぼさ頭、パジャマのままの今泉がぱちくりと瞬《まばた》きをした。

「なんだい、ブンちゃん。そんな恰好《かっこう》で色男が台無しだよっ。こんな時間まで寝ていたのかい」

「ゆうべは徹夜仕事だったんだよ。なんか、用か?」

「別に用はないけど、近くまできたからさ。寝ているんだったら帰るよ」

「いや、さすがにもう起きるよ」

わたしは今泉に続いて、彼の事務所兼住居に上がり込んだ。

彼、今泉文吾は、わたしの大学時代の友人である。職業は探偵。

もともと、大学の講師をやっていた彼が、なぜ探偵事務所などをはじめたのかはわからない。何度か尋ねたのだが、軽口でごまかされてばかりだ。だが、軽い気持ちではじめたわけではなく、なにか彼の生き方を変えさせるような出来事があったであろうことは、なんとなく想像がつく。

事実、最初はまったく仕事がこなくて、年中ぴーぴー言っていたような状態だったのに、最近ではそれなりに探偵業をこなしているらしい。

それにしても、ぱりっとした恰好をしてりゃあ、知的で清潔感のあるいい男と言ってもいいのに、パジャマ姿だと、どうも情けない。寝起きのせいか、妙に目も潤んでいる。

今泉はパジャマの裾《すそ》で、縁なし眼鏡のレンズを拭《ふ》いてかけ直した。

「山本くんは？　学校？」

わたしは彼の助手について尋ねた。今泉の親戚《しんせき》という話の青年で、まだ大学生である。今泉の下で働いているのがかわいそうなくらい、素直で可愛《かわい》い子だ。

「そ。若いってすばらしいことだな。ぼくと同じように徹夜しておきながら、コーヒー一杯でけろりとして出かけていったよ」

のそのそと台所に立ち、冷蔵庫から麦茶を出してコップに注《つ》いでいる。

わたしはその背中を見ながら、事務所のソファに腰を下ろす。ソファには事務所の愛犬のハチが寝そべっている。どちらが顔かわからない、モップのような白いテリアは、なおざりに尻尾《しっぽ》を振って、いらっしゃいの挨拶《あいさつ》をした。どうやら、あまり機嫌はよくなさそうだ。

麦茶のコップを手に今泉が戻ってくる。

「最近、仕事が忙しくてかまってやっていないから、拗《す》ねているんだ。小菊、ハチくんの機嫌を取ってやってくれ」

「なんであたしがそんなことしなきゃならないんだよ」

「まあまあ、犬に触るのもヒーリング効果があっていいらしいぞ」

別に今泉のいうことを聞く必要もないが、挨拶代わりに、ハチの好きな耳の後ろを掻《か》いてやる。ハチは少しだけわたしを見ると、また目を閉じた。

今泉はわたしがきているのにもかかわらず、平気で新聞など読んでいる。相変わらずマイペースな男である。

手を止めると、ハチは前足で「もっと掻け」という催促をした。ほかにすることもないので、ハチの小さな頭を膝《ひざ》に乗せてしばらく掻いてやる。

「で、なにかあったのか?」

いきなり今泉の声が飛んできた。膝の上のハチから顔を上げると、新聞の横から含み笑いでこちらを見ている。

なんとなく、気持ちを見透かされそうな気がして目をそらす。

「別に？」

「そうか」

続けて聞こうとはせず、すぐ新聞に戻る。どうも彼と一緒にいるとペースが狂う。鋭いのか鈍感なのかわかりゃあしない。

わたしは口を開いた。

「こないだの桜姫を本公演ですることになった」

今泉は新聞を膝の上に置いた。

「へえ。それはすごいじゃないか。おめでとう」

「まあね」

このあいだの勉強会には、今泉と山本くんもきてくれたのだ。わたしはことの詳細を説明した。

「だから、本公演といってもそんな大きな舞台じゃないんだけどね」

「それでも、大部屋の役者たちでそんな公演を打つなんて、今までにないことだろう」

「そうだね」

今泉はソファの背もたれに肘《ひじ》を乗せた。ことばを選ぶように口を開く。

「迷っているのか？」

わたしはため息と一緒に返事をする。

「ああ」

「大部屋役者の領分をはみ出るのがいやなのか？」

そんな単純な問題ではない。なにかいろんな気持ちが自分の中でない交ぜになっているのだった。

「まあ、いちばんはそれだけどね。人間にはそれぞれ合った身の丈っていうのがあってね。それ以上のいいことっていうのはなんか、不吉な気がするよ」

今泉はくすり、と笑った。

「ストイックだな。世界中の人がそういう考え方だったら、宝くじなんか売れないだろう」

わたしもつられて笑う。

「じゃあ、別の役者に代わってもらえばいいだろう？」

「それもできない。他人に譲ることができるくらいだったら、こんな不規則で因習の多い役者稼業なんてもうやめているね」

矛盾しているのはわかっている。だが、両方ともわたしの中では真実なのだ。

今泉はふと、遠い目をした。あの舞台を思い出しているのだろうか。

「たしかに、あの桜姫はとてもよかったな」

神経がぴりり、と引きつった。

桜姫。たぶんそれこそが、わたしをこんなに不安にさせるいちばんの原因なのだろう。

桜姫。いや、それを演じた中村銀京が。


わたしが彼にはじめて会ったのは、五年ほど前だろうか。まだ、彼が養成所に入ったばかりのことだ。

養成所の授業をたまに見学させてもらうことがある。もちろん、才能のある若い生徒をチェックするためだ。大部屋の役者はいつだって人手不足だ。新劇とは違って、歌舞伎役者にはスターになる夢はない。大部屋で入った者は一生大部屋のまま終わる。主役を張るのは、いつだって、梨園の御曹司《おんぞうし》たちである。役者と言っても華やかな仕事ではない。だから、常に養成所の生徒たちには目をかけるようにしている。できるだけ、うちの一門にきてもらえるように。

銀京、いや、その頃はまだその名は貰《もら》っていなかったのだが、彼は最初からわたしの目を惹《ひ》いた。

稽古《けいこ》用の浴衣《ゆかた》をぎこちなく着て、稽古場の壁にもたれるようにして、他の生徒が稽古をつけてもらうのを見ていた。「矢口の渡し」のお舟を題材に女形の所作を習う授業だった。

整った容姿と、女形にむきそうな小柄で華奢《きやしゃ》な体格に、まず目を付けた。

大部屋とはいえ容姿は重要だ。腰元役で並ぶのさえ、美しい方がいいし、華やかで舞台映えする、というだけで、いい役がまわってくることも多い。

そのうち、彼の順番がまわってきた。彼は名前を呼ばれると、ゆっくりと稽古場の中央に進み出た。

その瞬間、たしかに空気の色が変わった。

彼はゆっくりと床に膝をつく。恋しい人の身代わりになって、父に斬《き》られ、父の行動を諫《いさ》める、ほんのわずかな一場面。

父親役の先輩の膝にすがって見上げたその目は、まさに十六の少女のものになっていた。息を呑《の》んだ。

たった一つの台詞と、数十秒ほどの場面。だが、彼はほかの生徒たちとはまったく違っていた。

所作はまだぎこちない。だが、それを補ってあまりあるなにかが、彼の身体から滲《にじ》み出ていた。

空間を支配する力、早く言えば存在感のようなもの。

稽古を終えて、立ち上がる彼の背中を目で追った。ほかの人たちの邪魔にならないように気をつけながら、近づいた。

横に立つと、彼は不思議そうにわたしをちらりと見た。目が合うと眸《ひとみ》に悪戯《いたずら》っぽい輝きが生まれた。

「やあ」

声をかけると軽く会釈する。

「わたしは天城屋《あまぎ》のものなんだけど……」

「瀬川小菊さんですよね」

驚いたことに彼はわたしの名を知っていた。養成所の生徒とはいえ、わたしのような大部屋役者の名前まで知っているとは、よほど歌舞伎が好きなのだろうか。

「蔵本京介といいます」

「よろしく」

わたしは彼に尋ねた。

「もう、どこからか話はきている?」

どこの世界も一緒だ。有望な新人にはお声掛かりも多い。まだ養成所に入ったばかりでも油断はできない。

「奥州屋さんのところと、蓬莱屋《ほうらい》さんのところから。あと、上総屋《かずさ》さんのところの先輩にも今度会うことになっています」

やはり、みんな見る目は一緒らしい。わたしは苦笑した。

「まだ、特にどことは決めていないのかい」

「ええ、まだ入ったばかりですし、卒業まであと二年弱もありますから」

そう、三分の一は卒業前に脱落する。だが、わたしはこの青年がそうなることはないだろう、と確信していた。

「女形志望なのかい？」

「特にそういうつもりはないんですが、たぶん、そうなるでしょうね。立役には背が足りないし」

「まだ、どこに入るか決めてないんなら、一応うちも候補に入れておいてくれないかい。女形が不足しているんだ」

彼は軽く目を細めた。

「瀬川菊花さんの元で女形修行というのは魅力的ですね」

そう言うと、一呼吸おいて、わたしの顔を見上げる。

「でも、わたしはわたしの実力をそれなりに評価してくださるところに行きたいと思っています」

長めの前髪からのぞく眸は、涼しげな外見には似合わぬ強い光を放っていた。わたしは慎重に返事をする。

「というと？」

「大部屋役者で終わる気はない、ということです」

彼の口から出たことばに、わたしは眉《まゆ》をひそめた。たしかに歌舞伎は世襲制の色が強いとはいえ、完全にそうだとは言えない。人気や実力があれば、芸養子という形で引き立てられ、大きな名前を継がせてもらうこともある。だが、それはほんの一握りの人間だ。

「あまり、そういうことは公言しないほうがいいと思うけどね」

「そうですか？　でも、それだけやる気がある方がいい、と言ってくれる方もいましたよ」

たしかにこの青年には華がある。それは、努力や血筋で与えられるものではないだけに、多少鼻っ柱が強くても、役者としての彼を側に置きたい、と望む人はいるだろう。

事実、今も、彼に話しかけたそうな、後輩の立役役者が離れたところで、わたしと彼を眺めている。

「そういうことは、わたしの一存では返事できないけど、まあ、うちのことも気にかけておいてくれないか」

そう言うと、彼は頷《うなず》いた。

わたしは、彼のことを菊花師匠に話さなかった。話せば、師匠はたぶん、面白がり、興味を持っただろう。そう思いながら、口を閉ざした。それから、二度と彼に声をかけなかった。

なんとなく、彼のあの鋭すぎる目に、なにか不吉なものを感じたのかもしれない。

予想通り、彼はやめることなく卒業し、そうして、深見屋さんの弟子になった。

不思議な気がした。深見屋さんは、どちらかというと古風な家だ。彼のあの物言いでは、新人の起用に積極的な蓬萊屋さんあたりに入るのだと思っていた。

そのあとも、特に親しくすることはなかった。もちろん、名題下の女形同士だから、同じ舞台に立つことも、同じ楽屋になることもよくある。だが、挨拶《あいさつ》や、必要なだけの会話しかしたことがなかった。

無意識のうちに、彼にはあまり近づきたくない、と思っていたのだ。彼の方も、それを感じていたに違いない。

そう、あの勉強会のときまで。


「あれ、小菊さんきてたんですか？」

飛びついてくるハチを片手で押さえながら、山本くんは、錦絵《にしきえ》のような笑顔を見せた。

背中や肩の辺りが、会うたびに青年らしくなってくるような気がする。もちろん、顔立ちもずいぶん大人びてきた。ただ、笑った顔だけが、不似合いなほど幼い。

山本くんがいなければ、今泉の生活はもっと悲惨に違いない、とわたしは思う。今泉よりもずいぶん若いのに、事務所の会計から、炊事洗濯までまめに立ち働いている。はじめて会った頃は、まだ高校生くらいの年齢だった。浮世離れした今泉に関わってしまったせいで、振り回され、苦労ばかりしていたが、三年以上経った今では、すっかり落ち着いて、うまいこと今泉を操っているようだ。

ハチはうれしいのか、山本くんのジーンズの裾を噛《か》んで引っ張っている。さっきまでの不機嫌が嘘《うそ》のようである。

「山本くん、ハチくんを散歩に連れていってやってくれないか。さっきから拗《す》ねて困っていたんだ」

今泉は、新聞を畳みながら言った。自分はまったくハチの相手をしなかったくせに。

「ああ、後で連れていきます。それより腹減っちゃって。先生と小菊さんは、夕食どうしたんですか？」

時計に目をやると、もう七時を過ぎている。全然気づかなかった。今泉が大きく伸びをする。

「そうだな。今から作るのもなんだし、近所の蕎麦《そば》屋にでも食いに行くか」

蕎麦屋に向かう途中、わたしは山本くんにも例の件を話した。ハチに引っ張られるように歩きながら、彼は神妙な顔をして、話を聞いていた。

「小菊さんはどうしていやなんですか」

「いやなわけじゃないさ」

「でも、喜んでいるわけじゃないんでしょう」

わたしは少し考えた。自分の気持ちを少しずつ切り取って検証する。

「そう、たぶん、わたしは誰かの手の中で踊るのがいやなんだろうね」

ずっと黙っていた今泉が眉をひそめる。

「誰の手の中で踊るって？」

「桜姫だよ」

目の前に、あの朱鷺色《ときいろ》の広振袖《ひろふりそで》に身を包んだ彼の姿が浮かびあがる。桜姫は、袖を揺らして振り返り、そして、笑った。

「たぶん、今度のことも、彼の計画だ」

世の中には異常なほど要領のいい人間というのがいる。いや、要領がいいというのはどうも印象の悪いことばだ。そうではなく、自分の目的のためには、どういう手段を選べばいいのか、冷静に判断し、もっとも的確な方法を見つけだすことができる人間。

成功への最短距離を、将棋の手を読むように読みとることのできる人間。彼にはその気配がした。

だいたい、勉強会で桜姫のような長く、大がかりな演目をすること自体が異例であった。

勉強会で上演される演目は、ほとんどがよく本公演にかけられる丸本物や世話物の一幕だ。

それを実現したのは、中村銀京の力だった。

自分の師匠である中村銀弥《ぎんや》が演じた桜姫の衣装や舞台装置を借り受ける交渉をし、スポンサーを捜し、また、新しいことの好きな蓬萊屋さんに監修を依頼した。なにかのコネがあったわけでも、裏で誰かが手をまわしたわけでもないのに、彼は、みんなが頭から不可能だと思いこんでいたことを、少しずつ確実に手元に引き寄せてみせた。

間違いなく、その小劇場のオーナーに招待状を送ったのも彼だろう。あの舞台が、小劇場とはいえ、本公演でかけられるということになると、芝居好きの観客の視線は、銀京の美貌《びぼう》と才能に注がれる。

青田刈りの好きな若いファンがつくかもしれない。つまりそれは、彼が「客の呼べる役者」としての第一歩を踏み出すと言うこと。そうなれば、会社だって黙っていないだろう。歌舞伎は伝統芸能である一方、商業演劇でもある。「客の呼べる役者」は血筋にかかわらず、舞台の真ん中に引っぱり出されることになるのだ。

「でも、それって悪いことなんですか？」

山本くんは無邪気に尋ねた。

「別に誰かに迷惑をかけているわけでもないし、卑怯《ひきょう》な手を使ったわけでもないですよね」

それはそうだ。彼自身に才能がなければ、そんなことをしてもうまくいくわけがない。

わたしはため息をついた。

「わからないよ。どうしてこんなに彼が気に障るのか。単なる嫉妬《しっと》なのかねえ」

美貌と才能に恵まれた者への嫉妬。そうは思いたくなかったけど。

「わたしは、小菊の言うことも少しわかるけどね」

今泉がぽつん、と言った。

「強すぎる意志、というのはときどき、それ自体が凶器になるものだよ」

わたしは、肘《ひじ》で、今泉の横腹を突いた。

「痛っ。なにするんだ」

「気障《きざ》なことを言うんじゃないよっ」

「なんだ、味方をしてやったのに」

山本くんがくすくすと笑った。

後になって思うと、今泉が言ったこのことばは、すべての事件の本質を言い当てていたのだと思う。

けれども、そんなことは、このときにはなにもわからなかったのだけど。

気づいたところで、歯車はすでにまわりだしていた。

第三章

何度か、扉だと勘違いした。叩《たた》けば開くと信じて、強く叩いた。けれども、そこにあるのは壁だった。

向こう側に誰かがいても、会えるはずはない。それはただの壁なのだから。

ひどく、つらい夢を見たような気がした。ゆっくりと目を開く。眠りから覚めたばかりなのに、心が軋《きし》んで疲れ切っていた。いやな朝だ。

ふと、他人の寝息を感じて身体を起こす。隣に男が眠っていた。

思い出した。中村銀京という女形役者。兄のことを知っている人。わたしたちは狭いベッドの上で身体を押しつけあうようにして眠っていたらしい。

腹這《はらば》いになって彼の寝顔を見る。長い前髪がかすかに汗ばんで額にかかっている。無防備な寝顔。

わたしは苦笑した。目が覚めると、なりゆきで身体を重ねた者同士の心のさぐり合いがはじまるのだろう。関係を都合よく「恋の始まり」にするのか、それともただの過ちで終わらせるのか。

なによりもこの人は過去から兄が差し向けたわたしへの刺客だった。甘い関係など築けるはずはない。

わたしの吐息がかかったのか、彼のまぶたが震えた。ゆっくりと目を開く。

彼の目がわたしを見た。眸《ひとみ》はまぶしげに細められ、そうして笑った。まるで無意識のような笑顔。

同時に毛布の中で、掌《てのひら》が、わたしの手をぎゅっと握った。

たぶん、なにかが変わったのはこの瞬間だったのだと思う。掌の、発熱したような熱さに動揺しながら、わたしは彼の目を見つめていた。

夏の夜明け。寝起きの曖昧《あいまい》な空気の中で、わたしは恋に落ちた。


「調べるってどうやって……」

わたしは驚いて尋ね返した。劇場に向かう支度をしながら、銀京さんは当たり前のように言った。

「昔を知る人に、聞いていくしかないでしょうね」

「無理だわ」

父が兄の話をひどく嫌がっていることは、梨園《りえん》では誰だって知っている。話してくれるはずはない。

銀京さんはため息をついた。

「昨日までは、一度、あなたに会って音也さんの話ができればいいと思っていました。だけど、昨日あなたの話を聞いて、決心しました。わたしはなんとしてでも音也さんの死の真相を探り出します」

わたしは両手で目を覆い、力なく言った。

「もう、忘れたいの。真相なんか知りたくない」

何度も見る兄の夢からも解放されたい。それが勝手な願いだということは知っているけど。

銀京さんは顔を覆ったわたしの前に座った。そのまま頬《ほお》に触れる。

「わたしはあなたが殺したとは思っていません」

思わず顔を上げた。ぼんやりとした視界に彼が映っている。

「子どもが子どもを殺すなんて、そんなに簡単にあることじゃない。たぶん、それはあなたの形のない不安が夢に出ただけだと思います。鍋島屋《なべしま》さんは、音也さんの死を覆い隠すことで、今まであなたのその不安を宙づりにしてきた。だから、わたしはあなたをそこから解放してあげたいのです」

どうしていいのかわからずに、首を振った。ことばの内容は優しかったけど、それはわたしにはむしろ苦しく感じられた。彼は、わたしの夢の鮮明さを知らない。

出かけなければならない時刻が近づいたのか、銀京さんは立ち上がった。

「笙子さん、お願いです。協力してくれとは言いません。けれども、わたしが真相を探ることを許してくださいませんか」

本当はそんなことを許したくはなかった。けれどもわたしの中で、なにかがざわめきはじめる。

拒めば、もう彼とは会えなくなる。

そう思うと、たまらないようなつらさにとりつかれる。

彼のことばを信じてみたいと思った。彼が提示した甘い憶測、それが真実であれば、わたしはもう苦しむことなどないのだ。

なにかに取り付かれたように、わたしは頷《うなず》いていた。


あれは、いくつのときのことだろうか。子どもの頃の記憶は、悪意によってひっくり返された玩具箱《おもちゃ》のように、雑然としている。

しかも、その中にはいくつもの刃物や罠《わな》がしかけられていて、欲しいものに手を伸ばそうとすると、容赦なく指を切り裂かれるのだ。

それに気づいてから、わたしは記憶を無理に辿《たど》ることをしなくなった。思い出せなければ思い出せないままでいい。たぶん、なくしたくないほど美しいものなど、そこにはないのだ。

けれども、望んでいなくても、ときに記憶の紐《ひも》は解ける。

母と父がよく喧嘩《けんか》をするようになったのはいつ頃だろうか。

たぶん、小学校高学年くらいだろう。わたしの身長は少しずつ大人に近づき、身体の中に起こりはじめた、いくつもの変化に戸惑っていた頃だから。

喧嘩と言っても、母はほとんど言い返そうとはしなかった。父だけが、母の些細《ささい》な行動や、失敗を目敏《めざと》く見つけだし、それについて滔々《とうとう》とまくし立てた。

耳を塞《ふさ》ぎたいようなことばと口調。わたしは父の機嫌が悪くなると、よくトイレに籠《こ》もったものだった。

便器の上に座りこんで、鍵《かぎ》をかけ、そうして、ドアのノブを中からしっかり押さえ込んだ。

誰も、扉を開くことができないように。

そうすれば、この扉の向こうの出来事は、すべてなかったことになる、そんな気がした。父は母を憎んでいるように見えた。その頃のわたしは、そんな考えに気づかないふりをしていたけれど。

わたしと父は血のつながりがあるけれども、母とはない。けれども、わたしのことをいちばん愛してくれたのは、間違いなく母だった。周囲の親戚《しんせき》や、家に出入りするお弟子さんたちも、わたしのことは腫《は》れ物に触れるように接していた。母だけがわたしのことを常に気にかけ、むしろ過剰なほどの愛情を注いでくれた。

わたしは母が好きだった。けれども、母から注がれる愛情は怖かった。それはあまりにも不安定で、儚《はかな》く、どこか嘘《うそ》の匂《にお》いがした。

わたしがその愛情を、素直に受け入れると、とたんに身を翻して消えてしまうような気がした。だから、わたしはほとんど母に甘えた記憶がない。わたしが背を向けている限り、たぶん、その愛情は変わらずわたしに注がれるのだ、と思っていた。

その夜、わたしは寝苦しくて目を覚ました。全身が汗でじっとり濡《ぬ》れ、ひどく不快だった。濡れたタオルで汗を拭《ぬぐ》いたくて、わたしは真夜中に階下に降りた。

父の不機嫌な声が聞こえて、わたしは思わず足を止めた。酔って帰ってきて、また母に絡んでいるのか、とわたしは身体を強《こわ》ばらせた。母を罵《ののし》る声は聞きたくない。自分の部屋に戻ろうと、きびすを返したとき、わたしは父の声がいつもと違うことに気づいた。

父は泣いているようだった。

気づかれないように、ゆっくりと階段を下り、廊下を歩いた。両親の部屋へと近づく。

父の声がまたした。

「笙子を愛せないのだ」

苦しげな、涙混じりの声だった。だが、父は確かにそう言った。わたしのことを愛せないと。

「笙子の顔を見るたび、音也のことを思い出す。どうして逝《い》ってしまったのは笙子ではなく、音也だったんだ、そう思わずにはいられない」

「あなた」

母は珍しく窘《たしな》めるような声で、父を呼んだ。

「お願いです。今さらそんなことを言ったってはじまらないでしょう」

「わかっている、だが、笙子さえいなければ、音也は……」

「お願いですから、あなた」

母の声は悲壮な響きを帯びていた。まるで、父がその先を口にするのを恐れているように。

「音也が死んだのは、わたしのせいです」

母はきっぱりとそう言った。

「だから、笙子には……、あの子にはなんにも言わないでやってください」

足が凍り付いたように動かなかった。それ以上、聞いてはいけない。心が警報を鳴らしたけれど、逃げられなかった。

幸いなことに、父はそれ以上なにも言わなかった。ふたりはそれっきり押し黙り、わたしはやっと硬直の解けた足を引きずって部屋に帰った。

悲しいとも怖いとも思わなかった。たぶん、自分がどんな感情を抱いているのか理解できなかったのだろう。

ただ、その場面はまるで氷漬けされたように鮮明にまがまがしく、わたしの中に残っている。

兄を殺す自分の夢と同じくらいに。


歌舞伎《かぶき》座からはわらわらと人が吐き出されている。ちょうど入れ替え時間に当たってしまったらしい。わたしは人にぶつからないように気をつけながら、楽屋の方へ向かった。

楽屋口にいる頭取さんに、少し声をかけてから、わたしは奥へ進んだ。狭く急な階段を早足で歩く。

目指す楽屋は二階の奥にあった。真夏だから、戸は開け放されて、紗《しゃ》の暖簾《のれん》がかかっている。

「兄さん、いる？」

暖簾の向こうから声をかけると、お弟子さんらしき人が出てきて、暖簾を上げた。

「笙子ちゃん？」

中から驚いたような声がする。無理もない。わたしがこの人を楽屋に訪ねるなんて、ひさしぶりのことだ。

「さ、入って、入って」

それでも陽平兄さんはとてもうれしそうに、わたしを招き入れた。お弟子さんにお茶を淹《い》れるように言いつけて、ご贔屓《ひいき》さんからもらったらしい、水羊羹《みずようかん》など出してきた。次の出番までまだ間があるのか、浴衣姿で気楽そうにくつろいでいる。

「どうしたんだい。ひさしぶりだね」

「ん、ちょっと近くまできたから」

わたしは出された冷煎茶《れいせんちゃ》を啜《すす》りながら、陽平兄さんの顔をじっと見た。

わたしの従兄《いとこ》、市村月之助という芸名の立役役者。作りの大きい顔立ちと長身は荒事《あらごと》にぴったりだが、全身から漂う実直さと人の良さで、世話物の脇役《わきやく》などもうまくこなしている。

そう、まるで大きいくせにやたら大人しい犬みたいな人。

兄のことを調べる、と決めた後、わたしはこの人を味方に付けることにした。梨園の中にも協力者は必要だ。父ではなく、わたしに味方してくれるようなのはこの人だけだった。

彼はわたしに逆らうことなどできないのだから。

陽平兄さんは、なにやらお弟子さんに言いつけた。お弟子さんはわたしに挨拶《あいさつ》すると、楽屋を出ていった。ふたりきりになると、陽平兄さんは、茶碗《ちゃわん》を置いて膝《ひざ》を揃《そろ》えた。妙に真剣な顔になる。

「笙子ちゃん、なにかあったのか?」

「なにもないってば」

笑いながら言っても、表情は晴れない。

「笙子ちゃんが、わざわざ楽屋に来るなんて、珍しいから……」

「あら、前はよくきていたじゃない」

そう言うと、彼ははっと顔を強ばらせた。そうして、目を伏せる。相変わらず感情を隠せない人だ。そんな反応をされると、苛《いじ》めるのが可哀想になる。

「ねえ、兄さん。わたしの本当の兄さんのこと、おぼえている?」

「え?」

彼は驚いて聞き返した。わたしはもう一度繰り返した。

「音也兄さんのことよ」

陽平兄さんは顔を背けて、即答した。

「おぼえていないよ。もう昔のことだ」

嘘だ、と思う。この人はわたしより八つ上、音也兄さんよりは五つ上になる。音也兄さんが死んだとき、十五歳。もう子どもではないから、身近な人の死をそう簡単に忘れたりしないだろう。陽平兄さんの父親はもう廃業しているから、陽平兄さんは父の弟子だ。別に住んでいたとはいえ、家族同然のつきあいをしていたのだ。

それでも兄さんは、「おぼえていない」と繰り返して言った。

「いったい、どうして今頃そんなことを……」

「そんなことなんて言わないで。わたしの兄さんのことなのに」

彼ははっと顔を曇らせた。所在なげに茶碗に手を伸ばす。

「そんなつもりじゃ……」

「音也兄さんは殺されたのかもしれないの」

まるで、そのことばでなにかが切り替わったようだった。

陽平兄さんは凍り付いていた。茶碗を持った手が膝と顔のちょうど中間で止まり、信じられないような顔でわたしを見つめていた。

多少は驚かれることは予想していた。けれども兄さんの驚愕《きょうがく》ぶりは、わたしが考えていたものとまったく違った。

雷に打たれたように、兄さんは口を半開きにしたまま、わたしの顔を見つめていた。

やっと声が出る。

「誰がそんなことを言ったんだ」

蒼白《そうはく》な顔色。わたしは少し怖くなって後ずさった。

「それは言えないわ」

「誰がそんなひどいことを……」

語尾は悲しげに曇る。ひどいこと、それはひどいことなのだろうか。わたしにはわからない。

陽平兄さんはしばらくなにも言わなかった。手の中の茶碗を今にも取り落としそうなくらい、自分の考えの中に浸っていた。

わたしは確信した。この人もなにかを知っているのだ。十五年間隠蔽《いんぺい》されてきたなにかを。

「笙子ちゃん」

名前を呼ばれて我に返る。あわてて笑顔を作った。

「なあに？」

「誰からそんな話を聞いたのかは知らないが、そんなことは嘘だ。音也くんは病気で死んだ。誰かに殺されたはずなんかない」

「どうしてそんなことがわかるの？　さっき、昔のことだからおぼえていないって言ったじゃない」

「それは……」

陽平兄さんはことばに詰まった。なにかを振り切るように首を振る。

「それに、笙子ちゃん。ぼくはそんな話をきみに聞かせた奴《やつ》の悪意が許せない。あまりにもひどいでっちあげだ。頼むから、そんな話を信じないでくれないか」

「その人から悪意なんて感じなかったわ」

「悪意がなきゃ、どうして音也くんが殺されたなんて言うんだ」

「殺されたとは言っていないわ。殺されたかもしれないだけ」

「同じことだ」

「兄さん！　お願いだから落ちついてよ」

陽平兄さんは顔を背けた。

わたしはもう一度座り直した。浴衣《ゆかた》の膝のあたりをぎゅっと握りしめる。

「わたし、音也兄さんが殺されたのでも別にかまわないわ。いくら血が繋《つな》がっていたとしても、昔のことだし、会ったことのない人のことだもの」

我ながらひどい言いぐさだ。だが、陽平兄さんの顔が少しほっとしたように見えたのは気のせいだろうか。

「それにしたって、叔父《おじ》さんは傷つくだろう。そんな昔の話をひどいデマで汚されて」

「父さんは、音也兄さんのことを本当に可愛《かわい》がっていたらしいものね。わたしなんかよりずっと」

「笙子ちゃん……」

陽平兄さんの目が悲しげに曇る。こんな顔をすると、よけい犬みたいだ。わたしはため息をついた。

「わたし、会うたびに、兄さんのこと困らせているわね。やっぱりこないほうがよかったみたい」

「そんなことない。きてくれてうれしかったよ」

兄さんは相変わらず優しい。けれども優しくされるたびに、わたしの心が軋《きし》んでいることに、この人は気づいているのだろうか。たとえ気づいていたとしても、この人は優しくするしかできないのだろう。そういう人だ。

わたしは立ち上がった。

「帰るわ」

「笙子ちゃん」

わたしはスカートの皺《しわ》をのばすと、無理矢理に笑った。

「今日、話したこと、わたしももう忘れるわ。だから、兄さんも聞かなかったことにして」

陽平兄さんは深く頷《うなず》いた。

「わかったよ」

わたしはさよなら、とも言わず、楽屋を出た。

陽平兄さんに会うと、なぜかそのあと、とても泣きたいような気分になる。

心が重苦しくて、喫茶店でぼんやりしていた。仕事に遅れそうな時間だ、ということに気づいて、あわてて飛び出した。

幸い、電車の乗り継ぎがうまくいったおかげで、ぎりぎり時間に間に合う。ずるをして、着替える前にタイムカードを押し、更衣室に飛び込んだ。

白衣に着替えて、髪をスカーフでまとめる。ちらりと見た店内は、喫茶のお客さんばかりだったから、それほど急ぐ必要はないだろう。

「おはようございます」

挨拶をしながら、厨房《ちゅうぼう》に入る。

「あ、おはようございます」

長塚さんが、タピオカプリンの仕込みをしながら、笑いかけた。

「すぐ、小乃原さんくるだろうから、と言って煙草吸いに行きました」

「チーフは？」

「もう、料理のオーダーがあったらどうするつもりなんだろう」

とはいうものの、平日の六時では、まだ食事をする人よりも、お茶を飲む人の方が多い。忙しくなるのはこれからだ。

表参道のアジアンレストラン「パニール」。はっきりとどこの国の料理を出している、というわけではない。メニューにはベトナム風生春巻きも、インドカレーとナンも、パスタまでもある。要するに、アジア風である、というだけだ。とはいえ、作っているわたしが言うのもなんだが、料理はそれなりにおいしいと思っている。

竹を多用した内装も、落ちついた感じで、深夜までいつも賑《にぎ》わっている。

厨房をチェックしてまわると、付け合わせのグリーンサラダが切れかかっている。冷蔵庫から、レタスとラディッシュとエンダイブを取ってきて洗っていると、長塚さんが横にきた。

彼女は、髪の短い小柄な可愛らしい女の子で、小劇場の役者をやっている。なにか、言い出したいことがあるかのように、わたしの顔を見上げた。

「小乃原さん、来週の火曜日、早番忙しいですか？」

おそるおそる彼女は切り出す。わたしの方は予定を確認するまでもない。

「別に。大丈夫よ。代わる?」

「ありがとうございます。助かります」

彼女は大袈裟なほど、感謝の意を表した。

「ちらしの折り込みがあるんです。みんなその日は用事があるみたいで……。小乃原さんにはいつも代わってもらっていて悪いんですけど」

「いいわよ。早番の方が楽だし」

　十時から六時まで入るのと、六時から深夜二時まで働くのとでは疲れ方が違う。夜中まで働くと、疲れは骨まで貼《は》りついたようになる。

「じゃあ、シフト変更願い出しておいていいですか？」

「うん、お願い」

　彼女はほっとした表情になって、頭のスカーフを取った。

「じゃ、わたしもう上がりますね」

「あ、お疲れ」

　事務所の方に消えていく彼女を、わたしはどこか羨《うらや》ましく思いながら見送った。一直線になにかを目指している彼女は、わたしにとってひどく眩《まぶ》しい。わたしはただ、日々を流されて生きているだけだ。欲しいものも、やりたいこともほとんどない。決められた升を埋めるように、日々を過ごしているだけだった。

その日はやたらに忙しかった。平日だというのに、団体が何組も入り、深夜まで客足の途絶えることはなかった。くたくたにはなったけど、その分、時間の経つのも早かった。

十二時を過ぎて、やっと遅めの休憩を取ることができた。すでに疲れすぎて食欲もなく、ジャスミンティだけを淹《い》れて、わたしは事務所に引っ込んだ。

パイプ椅子《いす》に腰を下ろして、なんの気なしにポケットに入れた携帯を取りだした。一通だけメールが届いていた。

銀京さんだった。

次の日、舞台を終えた銀京さんと、ホテルのラウンジで会った。濃い青のボーダーシャツを着た彼は、いつもよりも若く見えた。

よく考えればそんなに年上でもないはずだ。写真の彼は、兄と同い年くらいに見えたから。だが、最初に会ったときの浴衣《ゆかた》姿と、歌舞伎役者特有のもの柔らかな雰囲気から、わたしはなんとなく、彼のことを年上の人だと考えていた。

彼はいきなり切り出した。

「笙子さん、夏休みは？」

唐突な質問に面食らう。

「特にまだ決まっていないんです。申請したらもらえると思うんだけど」

店は休まないから、夏休みは交代で取る。旅行の予定があるような人たちは、前もって夏休みを決めていたが、わたしは特にやりたいこともなく、言い出しそびれていた。

「どうしてですか？」

尋ねると、銀京さんは一呼吸置いてから答えた。

「大磯に一緒に行きませんか」

はっとする。もうとっくに売り払われた父の別荘。彼はそこに、なにかの痕跡《こんせき》を探しに行くつもりなのだ。

銀京さんは視線を下に落とした。

「笙子さんが、ぼくがこんなことをすることを不愉快に思っているのはわかっています。ご無理にとは言いません。でも、たぶん、ぼくひとりで行くよりも、笙子さんが一緒の方がいろいろ見えてくるものもあると思うんです」

「行きます」

自分の声がやけに大きく聞こえた。銀京さんも驚いたように顔を上げた。こんなにすぐ返事がもらえるとは思っていなかったのだろう。

「本当ですか？」

「ええ。このあいだは、銀京さんにもう忘れたい、と言ったけど、気持ちが変わりました。

なにかがあったなら、知りたい」

たとえ、それが苦しい過去でも、結局は今と同じことなのではないだろうか。わたしが思っている以上に悪いことなんか、起こり得ないのだから。

「なにかあったのですか？」

銀京さんの質問に頷く。わたしは陽平兄さんと会った話をした。兄の話をしたとき、彼が雷に打たれたように顔色を変えたことも。

なにかはあったのだ。間違いなく、陽平兄さんの目にも見える形で。

銀京さんは深く考え込むような表情になった。

「でも、月之助さんは、朔二郎さんにこの話をしないでしょうか」

「父に？　それはしないわ」

「なぜですか？　叔父、甥《おい》といっても、あのおふたりは親子同然に仲がいいという噂《うわさ》ですよ」

それは本当だ。父は、自分の子どもに向ける愛情を、すべて陽平兄さんに注いできたのだから。

「わたしが話さないで、と言ったから。陽平兄さんは、わたしの頼みなら、どんなことでも聞いてくれるわ」

アイスコーヒーのストローを弄《もてあそ》んでいた、彼の手が止まった。

「仲がいいんですね」

「そうでもないわ」

昔はともあれ、今は、陽平兄さんと二人で会うこともほとんどない。

銀京さんはしばらく氷をかき回していた。

「月之助さんは、笙子さんのことが好きなんですか」

意外な質問に、わたしは目を見開いた。

「どうして、そんなことを？」

「いや、さっきから笙子さんの話を聞いていたら、そうとしか思えなかったから……」

わたしは首を横に振った。この間の夜と同じような衝動がこみあげる。この人になら、すべて話せる。話したくなる。痛みとつながっていて、認めるのが恐ろしかったことさえ、この人になら聞いてほしい。

「逆だわ」

「え？」

「わたしが陽平兄さんのことを好きだったの。でも陽平兄さんは、わたしのことは好きになってくれなかった」

思い出すのも苦しかったことなのに、わたしは笑いながら話していた。

「ねえ、おかしいでしょう。だから、陽平兄さんは、わたしの言うことなら、なんだって聞いてくれるの」

そう、どんな無茶な頼みでも。わたしが言うことなら。

心はまるで軋《きし》んで壊れた歯車のようだ。なんの意味もなくても、なにも生み出さなくても、とりあえず回り続けるのだ。

第四章

稽古室《けいこ》には、もう人が集まっていた。

さりげなく入り口で雪駄《せった》を脱ぎ、畳に上がる。後ろに廻《まわ》って空いている空間に腰を下ろした。

「桜姫《さくらひめ》東文章《あずまぶんしょう》」の関係者顔合わせ。もちろん、この前の公演は単なる勉強会だったから、こんな正式な集まりはなかった。嫌でも、本当にこの企画は動きはじめているのだ、と感じずにはいられない。

「よう、小菊。結局きたのか?」

隣にいた、市川徳治郎が軽くわたしの脇腹《わきばら》を小突いた。

彼は、今回の舞台で桜姫の色香に惑わされ、破滅していく僧侶《そうりょ》、清玄の役を演じている。研修所での同期で、仲もいいので、よく一緒に飲みに行くのだ。彼は、わたしのように今回の公演への屈託はないようだった。

「まあ、うだうだ言ってもはじまらない。頑張ろうや」

まわりに聞こえないような声で言って、徳治郎は笑った。わたしも頷《うなず》く。

「ま、毒食わば皿まで、って言うからね」

「おいおい、そんな物騒な話でもないだろう」

ふと、少し前に銀京が座っているのに気づいて、わたしは目を見張った。

彼はたぶん、機嫌よくここに座っているのだと思っていた。だが、斜め後ろから見た彼の表情はひどく強《こわ》ばっていた。

それだけではない。ふっくらと豊かな曲線を描いていた頰《ほお》は痩《や》せ、顔色は妙に青白い。まるで病人のようだ。

わたしは眉《まゆ》をひそめて、徳治郎に囁《ささや》いた。

「どうしたんだい。桜姫は」

「さあ。なんだか、急に面やつれしたよな。でも、その分色気も増した感じだがな」

たしかに、痩せた銀京からは、ぞっとするような色気を感じる。

「身体でも悪くしたんだろうか……」

「なんだ、心配なのか？　小菊はあいつのことが苦手だと思っていたけどな」

わたしは、きっと徳治郎を睨《にら》みつけた。

「変なこと言わないでおくれっ。別に苦手なんかじゃないよっ」

台本が配られ、稽古の日程の説明などを受けて、顔合わせは終わった。わらわらとみんながら立ち上がり、出口に消えていく。

銀京は、まだ、畳に正座したままだった。何人かが、彼に声をかけたが、どこか上の空のような様子で、ぎこちない笑みだけを返している。

なんとなく立ち去りかねて、わたしは銀京に近づいた。

「どうしたんだい。身体でも悪いのかい」

銀京は、びくん、と振り返った。わたしに気づくと目を細めて微笑する。

「ああ、小菊さん、こんにちは」

「ずいぶん痩せたじゃないか。身体に気をつけているのかい。主役がそんなことじゃ困るねえ」

彼は膝《ひざ》を払って立ち上がった。わたしの問いには答えずに、笑う。

「小菊さんはもしかしたら、抜けるかもしれないな、と思っていました。また一緒の舞台に立ててうれしいですよ」

「生意気言うんじゃないよ。あんただけの公演じゃあるまいし」

わたしの憎まれ口にも、銀京は動じなかった。

「そうですね。失礼しました」

自然に並んで、ふたりで外に出た。そういえば、こんなふうにふたりで会話するのは、研修所で彼に声をかけて以来かもしれない。

「どうして、わたしが抜けると思ったんだい？」

「小菊さんは、大部屋に誇りを持っていると思っていましたから」

「そりゃあ、買いかぶりすぎだよ。わたしだって、いい役は欲しいさ」

彼はくすりと笑った。まるで内心を見透かされたようで、不快だった。思わず言う。

「満足かい？」

「え？」

先を行きかけていた銀京が振り返った。

「全部、あんたの思い通りにうまくいっているんだろう。この公演が成功したら、あんたの名前も売れる。もしかしたら、部屋子にでもしてもらえるかもしれないねえ」

自分でもなぜ、こんなに嫌なことを言ってしまうのか不思議だった。もし自分がこの会話をそばで聞いていたら、わたしのことをひっぱたきたくなるだろうと思う。

彼は、額にかかった前髪を払う。

「小菊さん、ぼくのことが嫌いですか？」

淡々とした口調だった。別に腹を立てたわけでも、卑屈に言っているわけでもない。

「ああ、その自信満々の鼻っ柱をへし折ってやりたいよ」

彼は、少し女性的な仕草で首を傾げた。

「自信があるように見えますか？」

「見えるから言っているんだよ」

「自信なんかないです」

銀京はきっぱりと言った。

「自信なんか欠片《かけら》もない。むしろ、ぼくは卑屈な方ですよ」

「よく言うよ。北天劇場のオーナーに招待券を送ったのもあんただろう」

「そうですよ」

彼は、わたしを見上げた。

「自信なんかない。だから、確実に方法を選んで引き寄せるしかないんです。ぼくから見れば、欲しいものがありながら、なにもせず待っているだけの人間の方がよっぽど自信にあふれているように見えます。黙っていても運命が与えてくれると思っているみたいだ」

「別に自分から動くほど、望んでいないのかもしれないさ」

「そうですね。でも、それこそ、ぼくから言わせれば傲慢《ごうまん》ですよ。ぼくは、欲しいものは欲しい。だから動くだけです。自分から動くほどは欲しくないけど、与えられればまんざらでもないとか、失敗するのが怖いから動かないなんて考え方のほうが、自分が可愛《かわい》くてしょうがないように見えます」

廊下にはもうほとんど人はいない。彼はエレベーターのボタンを押した。

振り向いて笑う。

「ぼくは失敗することも失うことも、なんにも怖くないです。はじめから、なんにも持っていないですから」

そう言うと、銀京はエレベーターに乗り込んだ。わたしは首を振って、先に行け、と促した。

「では、小菊さん。失礼します」

エレベーターの扉が閉まる。

わたしは、ふう、とため息をついた。彼の一部を垣間見《かいま》た気がした。


「で、どうだい?」

初日。出番前の楽屋で師匠の背中に白粉《おしろい》を塗っていたら、いきなりそう訊《き》かれた。

「どう……とおっしゃいますと?」

「桜姫の方だよ。うまくいっているのかい。稽古の方は?」

わたしはもごもご曖昧《あいまい》な返事をした。

「どうと言われても……、まだ顔合わせをしただけですからね……」

菊花師匠はきっとこちらをにらみつけた。

「ぴりっとしないねえ。ぴりっと」

「はあ、すみません」

水溶きの白粉を、刷毛《はけ》で師匠の首筋に塗り広げる。

瀬川菊花。次期人間国宝と噂《うわさ》される立女形《たておやま》。可憐《かれん》な姫君から、重厚な片はずしまで演じる、今、脂ののりきった女形役者。この人がわたしの師匠だ。

舞台の上のこの人に、わたしは心の底から心酔している。この人の舞台をそばで見られるというだけでも、この世界に入った価値があるというものだ。

とはいえ、舞台を下りた師匠は、壮年の行動的な男性と、まるで十代の娘のような純真な部分がごっちゃに入り交じっていて、なかなか妙な具合なのである。

菊花師匠は自分で顔に鬢《びん》付け油を叩《たた》き込みながら言った。

「鈴音が言っていたよ。小菊が、桜姫の舞台のことで悩んでいるってね」

わたしは心の中で、鈴音に悪態をついた。あのお喋《しゃべ》りが。

師匠はよく通る声で話し続ける。

「江戸時代はさ、江戸と大阪だけでなく、旅回りの小さな一座がたくさんあってね。そういう役者が江戸にきて、大部屋役者をやったりもしていたらしいよ。江戸ではその他大勢の役だけども、自分の一座に戻ると主役を張るわけだ。あの有名な成田屋や音羽屋と共演した、という宣伝文句でね」

いつの間にか手が止まっていることに気づいて、わたしは慌てて刷毛を動かした。

「まあ、今は歌舞伎《かぶき》役者はひとつにまとめられちまったけどね。別に今回のことは、わたしゃ、新しいことでもなんでもないと思っているんだよ。要するに昔の形を再現してみせるだけだ」

たしかにそうかもしれない。今でこそ堅苦しい伝統芸能だと思われているが、もともと歌舞伎は、お上《かみ》から規制を受けるような奔放な芸能であったはずだ。今の形に縛られているほうがおかしいのかもしれない。

「小菊、あんた覚悟はできているのかい」

いきなり問われて、わたしは白粉の器を持ったまま返事に困った。

「なんの覚悟ですか?」

「勉強会のようには行かないよ。勉強会のお客さんは、三階《さんかい》役者が主役を張るってんで、まるで学芸会を見に来た親みたいに優しい気持ちできてくれているが、今度の舞台はそんなわけにはいかない。はじめて歌舞伎を見に来る客だってたくさんいるんだ。値段が安いから、歌舞伎の入門編みたいに考える客もたくさんいるかもしれない。あんたは、そういう客に、恥ずかしくないものが見せられるかい? これが歌舞伎だって言えるのかい」

「師匠……」

「今回の舞台がつまらなかったから、もう歌舞伎は見ない、という客だっているかもしれないんだよ」

背筋がぞっとする。わたしは刷毛と器を、鏡前に置いた。

「プレッシャーかけないでくださいよ。師匠」

「少なくとも、あの桜姫の役者はそれに気づいているよ」

思わず、鏡に映った師匠の顔を見る。師匠は、紅を筆にとって、目元に走らせていた。

わたしは心の中で深くため息を付いた。まったく、師匠には心の中まで読みとられてしまうようだ。

「おめでとうございます」

可愛らしい声がして、わたしは振り返った。

小さな男の子が、楽屋の入り口でしっかり手を付いて頭を下げていた。

師匠は目を細めて笑った。

「はい、おめでとう。頑張ろうね」

母親らしき若い女性が少年の後ろでお辞儀をした。淡いピンクのソフトスーツに身を包んで、緊張したような面もちをしている。

「ご迷惑をおかけするかもしれませんが……よろしくお願いします」

師匠は振り返って微笑した。

「こちらこそよろしくお願いしますよ。景太郎くんの筋の良さは稽古でわかっていますからね。心配はしていません」

女性の表情が和らいだ。

「では、また後でね」

景太郎と呼ばれた少年はにっこりと笑って、もう一度丁寧に頭を下げた。そのまま母と連れだって楽屋を出ていく。

「師匠、今の子が？」

「ああ、千松だ。城山景太郎くんという名前だよ」

師匠は今月、歌舞伎座で「伽羅先代萩《めいぼくせんだいはぎ》」の御殿の場で、乳母政岡《まさおか》を演じる。この大役はふたりの子役と絡むことになる。そのうちの一人が、政岡の息子、千松という役である。もうひとり、政岡の主君の息子である鶴千代という子役も出るのだが、役の難しさは千松の方が上である。

「ずいぶん大人しそうな子ですね」

「ああ、なかなか達者らしいよ。台詞《せりふ》覚えもいいし、後見いらずだそうだ」

「へえ、あんなに小さいのにですか」

何気なく言ったことばだったが、師匠は眉《まゆ》をひそめた。

「四年生だそうだよ」

「え、だって！」

どう見ても、六つか七つくらいにしか見えなかった。四年生だということは、十歳くらいだろうか。だとすれば、しっかりしているのも頷《うなず》ける。

ただ小柄なのか、それとも成長が遅いのか。

「わたしたちとしては助かるんだけどね。お母さんは心配だろうね」

同じ小学生でも二年生と四年生ではかなり違う。早い子ならば、十歳くらいから声変わりの兆候はあるだろう。だが、子役ならば小さく見えれば見えるほど、客の心を惹《ひ》きつけられる。

師匠はどこかさびしげにつぶやいた。

「いい子なんだけどね。なんだかいい子過ぎる子どもは痛々しい気がするよ」


ふと、華とはなんなのだろうと思った。

宣伝のためのスチール撮影。主要な役を演じる役者たちが、舞台のままの衣装と化粧でカメラの前に立つ。

師匠の付き人として、撮影に付き添ったことはあるが、自分がカメラの前に立つなんてはじめてのことだ。勉強会のちらしやポスターは、演目と役者名が書いてあるだけの簡素なものだ。

銀京は、朱鷺《とき》色《いろ》の華やかな広振袖《ひろふりそで》に身を包んで真ん中に立っていた。吹輪《ふきわ》の鬘《かつら》と銀の差しもの。ふくよかな唇は、鮮やかな朱でぽってりと塗られている。ライトは全員に均等に当たっているはずなのに、なぜか彼のまわりだけが明るい気がした。

華やかな衣装と鬘のせいではない。わたしも勉強会や踊りの会でお姫様の衣装くらい着たことがある。衣装だけで人の目を捉《とら》えられれば苦労はない。

不思議なことに、それは容姿のせいでもないのだ。容姿が整っていても、舞台の上で光輝くことのできない役者はいくらでもいる。

「はい、次は桜姫だけのスチールを撮ります」

カメラマンの助手にそう言われて、他の役者たちはカメラの前から離れる。わたしも重い打ち掛けをずるずる引きずって、スタジオの隅に退散する。

フラッシュが焚《た》かれ、桜姫は請われるままに微笑する。

ほう、と誰のものでもないため息がスタジオに響く。

華がある、ということ。多くの人々の、目と心を惹きつけて魅了する。理屈ではない、なにか大きな力。

これを持つ役者は自然と舞台の真ん中へ引きずり出される。持たない役者は黙って、彼らの引き立て役になるしかない。

いつの間にか、わたしの目も桜姫の横顔に釘《くぎ》付けになる。スタジオにいるすべての人の目が銀京に集中している。

わたしは、ふと思った。

銀京は自分の魅力のことをどう思っているのだろうか。

「小菊ちゃん、なにぼうっとしているんだい」

急に声をかけられて振り返った。そこには釣鐘権助の衣装を着た市村月吉が立っていた。

ふつう、清玄と権助は同じ役者が二役演じることが多いが、今回はできるだけたくさんの役者に見せ場を、ということで、別の役者がやることになったのだ。

「ああ、月吉さん、ご無沙汰《ぶさた》しています」

研修所の先輩だから、丁寧に頭を下げる。彼はわたしの頭越しに撮影現場を見た。

「器量がいいってのは、うらやましいねえ。ひとりで立っていても華やかなもんだ」

そういう月吉だって、柄の大きい二枚目だ。師匠の月之助によく似ているから、早変わりの代役に引っぱり出されることも多いらしい。

この前の勉強会では、釣鐘権助の役は別の役者が演じていた。月吉は一年前の勉強会で主役を演じたこともあって端役だったのだが、今回本公演となるにあたって配役替えが行われたのだ。もともと権助を演じていた役者は、それなりにベテランで悪くはなかったが、華がなかった。はっきりとした理由は告げられていないが、この配役替えは舞台の華やかさを重視した上層部の判断だろう。

ればならないだろう。

権助はガラの悪い小悪党だが、桜姫の恋い焦がれる男だ。ぞっとするような魅力がなければ話にならないだろう。

カメラマンに指示されたのか、桜姫が笑った。そんなはずはないのに、白粉の甘い香が一瞬でスタジオ中に広がる気がする。

月吉はゆっくり、自分の顎《あご》を撫《な》でた。

「これも、だれゆえ、桜姫、か」

わたしは驚いて彼を見上げた。その台詞は権助のものではなく、清玄のものだった。

「伽羅先代萩」の政岡は、立女形の大役である。

「仮名手本忠臣蔵」の由良之助にも匹敵するほどの難役。

御殿の場の半分以上を、ほぼひとりで魅せなければならない。風格と実力がなければ一時間の長丁場はこなすことはできない。

特に、茶道の作法に則《のっと》って茶道具を使って飯を炊く飯炊《ままたき》と呼ばれる場面は、下手な役者が演じれば、冗長なだけの場面となる。

もともと、この「伽羅先代萩」は人形浄瑠璃《じょうるり》の演目である。人形が茶道の手前を見せるおもしろさが、歌舞伎になって役者の本当の実力を剝《む》き出しにする難しい場面となったのだ。

政岡は、足利頼兼《あしかがよりかね》の息子、鶴千代の乳母である。頼兼の伯父《おじ》、大江鬼貫《おおえのおにつら》と足利家の執権仁木弾正《にっきだんじょう》は、若君鶴千代の命を狙《ねら》っている。屋敷の中に敵がいて、誰が敵方についているかわからない中で、政岡は必死に鶴千代を守ろうとしている。

ここから御殿の場ははじまる。屋敷の中に敵がいる状況では、うかつに若君に食事をさせるわけにはいかない。出される御膳《ごぜん》に毒が仕込まれているかもしれないからだ。

政岡は、若君は病であると偽って、部屋にこもり、自室で茶道具を使って飯を炊き、それを鶴千代と、自分の息子の千松に与えている。

そこへ仁木弾正の妹の、八汐《やしお》が、幕府の管領《かんれい》山名宗全の妻、栄御前と一緒に、見舞いと称して菓子を届けにくる。そんな危険な菓子を、若君に食べさせるわけにはいかない。しかし、食べさせなければ、幕府の管領家から下されたものを疑ったことになる。絶体絶命の中、千松が飛び出し、その菓子を食い散らかして、その場を救う。政岡が以前から、もしものときには、鶴千代を救うため、毒見をしろと言い聞かせてあったのだ。

毒入りの菓子を食べて、苦しむ千松は、悪事の発覚を恐れた八汐になぶり殺しにされる。

しかし、政岡は鶴千代のみをかばい、千松の死にも顔色を変えなかった。そんな政岡を見て、栄御前は、政岡も自分たちの味方であり、鶴千代と千松をもともと取り替えていたのだと誤解し、大事な連判状を政岡に託す。

栄と八汐が去った後、政岡は千松の遺体を抱きしめながら、初めて本心を見せて悲嘆にくれるのだ。
この時代には忠義はなによりも重い。我が子を見殺しにできるほど、強く気丈な女性が、ひとりになったときはじめて吐き出す本心と我が子への思い。運命に翻弄《ほんろう》される人間の悲しみが伝わってくる場面である。

〽跡には一人政岡が奥口伺《うかが》い伺いて、我が子の死骸《しがい》うち見やり、堪《こら》え〳〵し悲しさを一度にわっと溜《た》め涙《なみだ》、せき入り歎《なげ》きしが。

（ト政岡思い入れあって千松の骸《むくろ》を見て）

政岡　コレ千松よう死んでくれた。出かしやった〳〵〳〵のう。そなたが命捨てたゆえ、邪智深い栄御前、取り替え子と思い違い、おのれが企《たく》みをうちあけて、連判までも渡せしは、親子の者が忠心を神や仏もあわれみて、鶴千代君の御武運を守らせ給うか、チエ、忝《かたじ》けなや〳〵忝けないわいのう。これというのもこの母が常々教えおいた事、幼な心に聞きわけて、手詰めになった毒薬をよう試みてたもったのう。でかしやった〳〵のう。コレ千松、そなたの命は、出羽《でわ》奥州五十四郡の一家中、所存の臍《ほぞ》を固めさす、まことに国の。

〽礎《いしずえ》ぞやとは言うものの、可愛いやなあ、君の御《おん》為兼ねてより、覚悟は極めていながらも。

政岡　せめて人らしい者の手に掛っても死ぬ事か、人もあろうに弾正が妹づれの刃《やいば》にかゝり。

〽なぶり殺しを現在に傍に見ている母が気は。

政岡　どのようにあろう。

〽どうあろう。

政岡　思い廻せばこの程から諷《うと》うた唄《うた》に千松が。

〽七つ八つから金山へ、一年待てどもまだ見えぬ。

政岡　二年待てどもまだ見えぬと、唄の中なる千松は待つ甲斐《かい》あって、父母に顔をば見することもあろ。同じ名のつく千松のこなたは百年待ったとて、千年万年待ったとて。

〽何の便りがあろぞいの。

政岡　三千世界に子を持った親の心は皆一つ。子の可愛さに毒なもの食うなと言うて呵《しか》るのに、毒と見たらば試みて、死んで〱、死んでくれいと言うような胴欲非道な母親がまたと一人あるものぞ。

〽武士の胤に生まれたが果報か。

政岡　因果か。

〽いじらしや。死ぬるを忠義ということはいつの世からのならわしぞ。凝《こ》りかたまりし鉄石心、さすが女の愚にかえり、人目なければ伏し転《まろ》び、死体にひしと抱きつき、前後不覚に歎きしは理《ことわり》せめて道理なり。

楽屋口まで、帰る師匠を見送りに出る。ご贔屓《ひいき》さんに軽くお辞儀をして、師匠はタクシーへ乗り込んだ。内弟子の鈴音が助手席に座る。

今月の演目が始まってまだ四日ほどだが、師匠の政岡は、まさに脂がのりきっているといった風情で、観客を魅了していた。

客席はしんと静まりかえっていた。だらけた静けさではなく、緊張の糸が張りつめた静寂。我が子の死という異常な事態に直面しながらも、なおも自分の使命を果たそうとする女の、苦しみと悲しみが、歌舞伎という形式を越えて、客席を呑《の》み込んでいた。

舞台袖で見ていたわたしも鳥肌が立つほどだった。

鶴千代と千松という二人の子役のいじらしさ、可憐さも、舞台に花を添えていた。

師匠のタクシーが見えなくなってから、わたしは楽屋に戻った。出番はもうないから、あとは帰り支度をするだけだ。

急な階段の途中で、いきなり女性に声をかけられた。

「あの……すみません」

「なんですか？」

「景太郎を見かけませんでしたか」

そう言われて初めて気づく。声をかけてきたのは千松役の子どもの母親だった。地味ながら整った顔を不安に曇らせて、おずおずと訊《たず》ねる。

「舞台が終わってからは見ていませんが……いないんですか？」

彼女はこくりと頷《うなず》いた。

「同室の仙蔵さんも、舞台が終わってから一度も見ていないって。床山さんも衣装さんも……」

「衣装と鬘《かつら》は？」

「それはあります。だから、仙蔵さんも、ひとりで風呂《ふろ》に行ったんだろうと気にしなかったそうです」

子役には母親がずっと付き添っていることが多いが、景太郎くんはほかの子役よりも大きいし、とてもしっかりしていた。母親がつきっきりでいる必要はなかったのだろう。

しかし、もう演目は終わったのに楽屋にいないというのは心配だ。

「えっと、城山さんでしたね。頭取さんには話しましたか？」

「いえ、まだ……」

「じゃあ、話してきてください。わたしは風呂を見てきます」

彼女は頷くと、階段を駆け下りていった。もし、景太郎くんがひとりで劇場を出ていったのなら、頭取がそれを見ているはずだ。

楽屋風呂を覗《のぞ》いてみたが、そこにも景太郎くんはいなかった。風呂場で気分が悪くなったのではないかと思ったが、違ったらしい。すれ違った役者や裏方に訊いても誰も知らないようだった。

自然に眉間《みけん》に皺《しわ》が寄る。いくらしっかりしていると言ってもまだ十歳の子どもだ。なにかあってからでは遅い。

楽屋内を一通り見てから、景太郎くんの楽屋を探した。相部屋なのは、嵐仙蔵という名題の女形だった。まだ四十代だが、老け役がうまくて重宝されている役者だった。

暖簾をあげて声をかけた。

「仙蔵姐《ねえ》さん、景太郎くんはまだ帰っていませんか?」

「おや、小菊ちゃんじゃないかい。それがまだなんだよ」

仙蔵姐さんは、膝をさすりながら心配そうにため息をついた。

「わたしがもっと気をつけていればよかったんだけどねえ」

そんなことを言っても、仙蔵にも自分の出番がある。子役に気を払ってばかりいるわけにもいくまい。

城山さんが小走りに戻ってきた。顔が青いところを見ると、まだ見つかってはいないらしい。

「警備員の方が探してくださるそうです」

「外には出ていなかったのですか？」

「はい。頭取さんは、先代萩が終わってから今まで、頭取部屋を離れていないから、もし出ていったらわかるとおっしゃっていました」

　頭取部屋の前を通らなくても、楽屋から劇場に出る入り口はある。だが、そんなことを言っていればきりがない。

　事故や誘拐、という可能性も考えられるが、今不安に胸を痛めている母親をよけいに不安にさせるようで口には出せなかった。

「大方、どっかを探検に行ったんじゃないかねえ。あの年頃の子どもはやんちゃだから」

　わざと明るくそう言った。だが、仙蔵姐さんも城山さんも、顔を強《こわ》ばらせたままだった。

城山さんはまた立ち上がってスリッパを履いた。

「わたし、もう一度探してきます。お騒がせして申し訳ありませんでした。お疲れでしょう。気にせず、お帰りください」

「そんなことを言われても気になるからねえ」

　仙蔵姐さんのことばにわたしも頷いた。だが、城山さんはきっぱりと首を振った。

「あまり大事にしたくないんです。景太郎がもし、どこかで遊んでいただけだったら、あまりに申し訳ないですし……」

　そう言われて、わたしと仙蔵姐さんは顔を見合わせた。たしかに警備員が探してくれているのなら、わたしたちにすることはない。

仙蔵姐さんが帰り支度をはじめるのを見て、わたしは腰を上げた。

「きっと、大丈夫ですよ。男の子は好奇心が強いですから」

そう城山さんに言うと、彼女は微笑した。どこか苦しげな笑みだった。


次の日、劇場入りしてわたしは知った。景太郎くんは、地下の大道具部屋で見つかったらしい。だが、彼がどうしてそんなところにいたかは、わからなかった。

物言わぬ、冷たい身体になっていたから。

第五章

トンネルを抜けると、急に視界が明るくなった。

わたしは向かいの席で、静かに船をこいでいる銀京さんを見つめた。柔らかな前髪がかすかに汗ばんで額に貼《は》り付いている。

その汗を指先で拭《ぬぐ》いたい、と思った。そう考えただけで、わたしの指は甘く痺《しび》れる。

わたしは本当に恋をしているのだろうか。ふと、疑問に思った。そう言い切るには、彼とすごした時間は短すぎるし、彼のことはなんにも知らない。

昨夜も彼はわたしの部屋に泊まった。明け方までいろんなやり方で睦《むつ》み合った。指先を絡めているだけで、身体の芯《しん》まで甘くとろけた。

互いの関係のすべてを、あんな時間で紡げればいいのに。そう思いながら、彼の寝顔をぼんやりと眺める。

急に彼が目を開いて、わたしはあわてて窓の外を見た。

「まだ、つきませんか?」

「もうすぐだと思います」

銀京さんは微笑して、身体を背もたれから起こした。

「晴れてよかったですね」

まるで遊びに行くみたいなことを言う。たしかに窓の外は眩《まぶ》しいほどの晴天だ。

わたしは列車の壁に身体をもたせかけた。振動が直《じか》に身体に伝わってくる。

わたしはまだ、自分が兄を殺していないとは、信じていない。目を閉じれば、挑むような目をしてわたしを見ている兄の姿が、はっきりと脳裏に浮かぶのだ。

そうして、そんな顔をした兄の写真はアルバムには残っていない。

自分が人を殺したかもしれないのに、わたしは笑っている。好天を喜び、好きな人がそばにいてくれることを喜んでいる。

罰が当たって死んでしまえばいい。


駅を出て、バスに乗った。子どもの頃、二、三度、別荘に連れてきてもらったことはあるが、こんなバスに乗ったのははじめてだ。

そう言うと、彼は笑った。

「そりゃあ、そうでしょう。このあたりに別荘を持っているような人は、みんな車できますよ。バスなんか乗るわけがない」

そう、普通に住んでいる人と、年何度かだけ訪れる人の間には、たぶん大きな距離があるのだろう。バスの窓から見える景色は、普通の田舎町のようにのどかだ。

「これからどこに行くんですか？」

「豊浦さんという方をご存じですか？」

わたしは首を横に振った。

「鍋島《なべしま》屋さんの別荘の管理をしていらっしゃった方です。てっきりご存じだと思っていました」

身体の関係を続けているのにもかかわらず、銀京さんはずっとわたしに対して敬語を崩さなかった。それはわたしが名のある歌舞伎役者の娘だからだろうか。それとも、ただ無意識なのだろうか。わたしも距離を測りかねて、未《いま》だにことばを崩せない。

何度目かに止まった停留所で、彼に促されて降りる。

外に出た瞬間、海の気配を感じた。空気の湿り具合や、潮の匂《にお》い。見えないけれど、たしかに近くに海を感じる。

畑に沿った道を歩きながら、わたしは彼に尋ねた。

「銀京さんの家は？」

「この近くです。でも、帰りません」

「どうしてですか？」

彼はまるで楽しい話をするようににっこりと笑った。

「親と縁を切ったからですよ」

わたしは驚いて足を止めた。彼はかまわず歩いていく。

理由を尋ねようとしてやめた。親と不仲になるなんて、別に変わったことでもなんでもない。わたしだってそうだ。

世の中にはどうしたって、うまくやっていけない種類の人がいる。たまたまそれが、親と子として生まれてきてしまっただけの話だ。

小走りで追いつくと、彼は小さな声でぽつりと言った。

「けれども懐かしいな」

わたしに聞かせるでもなく、ただ口をついて出た、という感じの口調だった。

どう返事していいのか迷っているわたしに、彼は明るく笑いかけた。

「早く終わったら、泳ぎに行きましょうか」

「水着持ってきていないですよ」

「そこらへんで売っていますよ」

たしかに日差しは眩しいほどで、海水浴にはうってつけだろう。そんな気分でいられるかどうかは別として。

バス停から道なりに歩いたところに、豊浦さんの家はあった。庭で洗濯物を干している六十代くらいの女性に、銀京さんは声をかけた。

静かに年齢を重ねた、そんな印象を受ける女性だった。記憶の中を探ってみるが、見覚えはない。

豊浦さんは砂利を踏みながらこちらに歩いてきて、門を開けた。

「京ちゃん、ひさしぶり。立派になって」

隣のわたしにも目を細めて笑いかける。

「おばさん、こちらは鍋島屋さんのお嬢さんです」

銀京さんに紹介され、わたしは深く頭を下げた。

クーラーの効いた部屋に案内され、わたしと銀京さんは並んで座布団に座った。

「もう十五年も前ですからねえ。うちが鍋島屋さんの別荘の管理をやっていたのは。お役にたてるようなことはないと思いますけどねえ」

氷を浮かべた麦茶のグラスを運びながら、豊浦さんはそう言って苦笑した。

「ご迷惑をおかけして申し訳ありません」

頭を下げると、大げさに両手を振る。

「いえいえ、迷惑なんてことは全然。鍋島屋さんにはお世話になりましたからね。それなのに、あんなことになってしまって……」

あんなこととは、と訊《たず》ねようとしたとき、銀京さんが口を開いた。

「おばさんが別荘の管理をしていたのは、たしか八五年まででしたよね」

「このあいだ、きちんと帳簿を調べてみたら、十月までだったよ」

八五年。兄の死んだ年。兄は十歳で、わたしは七歳のはずだ。その頃、わたしはまだ、実母の元にいたとされている。

「お嬢さんがその間、別荘にきたことはありますか？」

豊浦さんは首を横に振った。

「いえ、お嬢さんがいたなんてことも存じませんでしたよ」

そう言ってから、わたしの顔を見て気まずそうに目を伏せた。わたしは笑った。

「気にしないでください。その頃、わたしはまだ父の元に引き取られていませんでしたから」

けれども彼女は、苦いような笑みを浮かべているだけだった。

愛人の子どもであることを恥じる必要などない。今まで何度もそう思おうとしたけれども、こういう善意に満ちた人のどこかぎこちない振る舞いが、その思いをうち消す。まだ悪意で噂《うわさ》され、後ろ指さされるほうがずっとましだ。

「鍋島屋さん……市村朔二郎さんはよくこちらにいらしていたんですか？」

「よくってことはないですよ。年、一、二回。ほら、京ちゃんは坊ちゃんがいらしたときは、いつも一緒に遊んでいたじゃないの」

　昔のことを思い出したのか、銀京さんは顔をほころばせた。

「ええ、音也くんがきたときは一緒に遊んでいました。でも、それ以外に、お弟子さんとか、他の人と一緒にこちらにきたことはなかったんですか？」

「いいえ、旦那《だんな》さんがこちらにこられるときは、いつも奥様や坊ちゃんと一緒でしたよ。そりゃあもう、家族思いの優しい旦那さんで」

　それを聞いて、不思議な気持ちになる。父が母とわたしを連れて、どこかに出かけたことなどあっただろうか。大磯の別荘には何度か連れてきてもらったことはあるけれども、父の姿は記憶にはない。

　兄が生きていれば、父は家族思いの父親のままでいられたのだろうか。

　豊浦さんはゆっくりとしたペースで話し続けた。

「ですからねえ。別荘の管理といっても楽をさせていただいていたんですよ。一週間に一度ほど、掃除をしにいくだけで、あとは鍵《かぎ》を預かっているだけみたいなものでね。それで、充分すぎるお給金をいただいて、本当にありがたく思っていたのに、あんなことになってしまって……」

「あんなこと……ですか？」

「ええ、うちの息子が勝手に鍵を持ち出して、別荘に彼女を連れ込んで逢《あ》い引きしていたんですよ。滅多にいらっしゃらないから、ばれないと思っていたんでしょうけど、悪いことはするもんじゃない。たまたま忘れ物を取りにきたか、なにかでお弟子さんがいらっしゃって、鉢合わせしてしまったんです。ええ、そのせいで解雇されることになりました。いくら管理をまかされているとはいえ、人のうちに勝手に上がり込んで好き放題していたんですからね。仕方ないことだと思っています」

「それが、八五年の十月のことですね。そのあと、どなたが別荘を管理していたのかはご存じありませんか？」

　豊浦さんは首を横に振った。

「さあ……、お弟子さんが定期的にきて、お掃除などをしていたみたいですが、特にこのあたりの人間に管理を頼んだという噂は聞きませんでした。その三、四年後に、結局別荘自体お売りになったみたいですしね」

　わたしが、何度か別荘にきたときには、彼女はすでに解雇されたあとだったのだろう。

　銀京さんが、急に背筋を伸ばした。ゆっくりと豊浦さんに尋ねる。

「それで、八五年の八月のはじめ、朔二郎さんはこちらの別荘にいらっしゃっていましたか？」

　彼女は顔の前で大きく手を振った。

「いいえ。その年の八月といったら、坊ちゃんが亡くなった頃ではないですか。そんなときに、別荘にいらっしゃるはずはありません。わたしだってはっきりと覚えています」

遠くで歓声が聞こえる。

近くに海水浴場があると聞いたから、子どもたちが残り少ない夏を堪能《たんのう》しているのだろう。わたしたちが立つ浜辺には、数人のサーファーがいるだけで、泳いでいる人はいない。

波の音が、心地よいリズムを奏でているだけだ。

「いちばん合理的な解釈は、わたしの記憶違いでしょうね」

隣を歩いている銀京さんが、少し自嘲《じちょう》ぎみに言った。

「そうして、カメラの日付が一年ずれていた。あの写真はその前の年に撮ったものなんでしょう」

砂は靴の下で柔らかく崩れる。

「でも、あなたは兄のことが好きだったんでしょう」

そう問いかけると、彼は不思議そうに目を見開いて、それでも頷《うなず》いた。

「一年に一度やってくる大好きな友だち。あなたは兄のことを待っていたんでしょう。だから、わたし、あなたの記憶を信じます。子どもにとって、それはとても大きな出来事だと思うから」

そう、たぶんそれは、彼にとってほかの記憶と紛れてしまうような出来事ではなかったのだ。

彼は肩をすくめて笑った。潮風が髪をなぶっていく。

「ありがとう。そう言ってくれるとうれしいです」

そうして、彼は遠い目をした。

「あの写真、ぼくが撮ったんです」

「え？」

「その前の誕生日に、父にねだって古いカメラをもらったんです。機械とかそういうのが好きだったから……。子どもに新しいカメラを買ってやるほど甘い父親じゃなかったですが、たまたまそのとき、カメラを買い換えるかどうかしたんでしょうね。古いのを、ぽんと気前よくくれました。もう有頂天でしたよ。ぼくの宝物だった」

そのときのことを思い出しているのか、彼の口元が柔らかくほころぶ。

「不思議なことに、ぼくは音也くんを写真に撮らなければならないような気がしていたんです。なんとなく、彼が手の届かないところにいってしまうような気がしていた。今そんなことを言うと、なんだか嘘《うそ》くさいですね」

そうして、ふうっと息を吐く。

「写真なんか撮らなければよかった。だとすれば、夢か幻だったとでも思えたのに」

猫背気味に軽く身体を曲げながら、彼はわたしの前を歩いていく。わたしはその背中を見つめた。

兄は彼に、なにかを伝えたかったのだろうか。ふと、そんなふうに思った。そうして、魂だけになって、この土地にやってきたのではないだろうか。

そんな怪談めく妄想を、わたしは一瞬で振り払う。

父の母に対することば、陽平兄さんの驚愕《きょうがく》、繰り返し見る兄を殺す夢。その陰にはきっとなにかがある。夢や幻とは明らかに性質の違う、隠蔽《いんぺい》されたなにかが。

「別荘、あそこに見えます」

銀京さんは足を止めて、高台を指さした。わたしも見覚えのある建物がそこに建っていた。

樹に寄り添うように建つ白い小さな家。張り出したテラスからは海がよく見えるだろう。窓を大きく取っているせいか、明るい印象がある。

「行ってみますか?」

尋ねられて、わたしは頷いた。

時間は二時を少し回っている。雲が出てきたせいか、日差しも少し柔らかくなってきている。浜辺から急な坂道を上った。

別荘から海まではとても遠かったような気がしていたけど、大人の足で歩くとずいぶん近い。坂道の途中で、急に銀京さんは立ち止まった。

道の脇《わき》の低い石垣に、軽やかに飛び乗る。ぐらつくのを両手を広げてバランスをとる。

「ああ、大人になるとやっぱり難しいな」

今まで見たことのない子どもっぽい仕草だった。

「子どもの時は、よくそこに上った？」

「ええ、この石垣の下は鮫《さめ》のたくさんいる海だから、絶対に落ちちゃいけないんだ、なんて頭で想像してね。意味もなく上りましたよ。子どもの時は高いと思ったけど、大した高さじゃないな」

「兄も、そんなふうに遊んでいたんですか？」

ゆらゆらとバランスをとっていた彼の動きが止まった。軽快に飛び降りる。

「音也くんは、どちらかというと大人しかったですから、どうでしょうね。上って遊んだかもしれないけど、はっきりとは覚えていないです」

兄は大人しい子どもだった。そう聞いて、なぜかわたしは意外に思う。消し炭色に日焼けして、怪獣の玩具《おもちゃ》を持ったあの写真から、わたしは兄のことを、快活でやんちゃな子どもだと勝手に思いこんでいた。

わたしは内向的な子どもだった。そのせいか、父や母やお弟子さんたちから愛されていた兄は、太陽のように明るい子どもだったと勝手に信じていたのだ。

「音也くんは、物静かでしたよ。せっかく田舎にきているんだから、外で元気に遊べとお母さんに言われていたらしいんですけど、どちらかというと家で遊ぶ方が好きみたいでした。本を読んだり、絵を描いたりしてね」

「じゃあ、兄とわたしは、まったく似ていないわけでもなかったのね」

そう言うと、彼は不思議そうに何度か瞬《まばた》きした。

「笙子さんと音也くんは似ていますよ」

「え?」

わたしは驚いて彼を見上げた。

「あなたと音也くんはとてもよく似ている。はじめて会ったときに、すぐわかりました」

そうなのだろうか。そんなことを人から言われたことなど一度もない。

「わたし、兄のこと、なんにも知らないのね」

「あなたと音也くんは会ったことがないのだから、知らなくて当然でしょう」

違う、そうじゃない。わたしはずっと兄に囚《とら》われて生きてきた。あちこちに残る兄の痕《こん》跡《せき》に怯《おび》え、兄を殺す夢に怯えた。それなのに、兄がどんな子どもだったかをまったく知らなかっただなんて。

坂道を上がりきって、別荘の門の前まで行った。中を覗《のぞ》き込んだわたしは、なんともいえない違和感を感じた。

庭や外観は記憶の中とほとんど変わらない。それでもそこには過剰な生活の匂いがした。玄関の脇に置かれたビールケース、名前の書かれた自転車。窓から覗く色あせたカーテン。たとえ、外観が一緒でもそこはもう違う家だった。わたしは呆然《ぼうぜん》と白い建物を見上げた。もうここには、わたしが懐かしむような過去など残っていない。

日帰りで帰れない距離ではなかったけれど、わたしたちはホテルを予約していた。ただ過去を掘り起こすだけの旅ではなく、少しでも休暇らしい解放感を味わいたかったのだと思う。歌舞伎《かぶき》役者はただでさえ休みが少ないし、わたしも旅行なんて数年ぶりのことだ。

夏は終わりかけていても、海のそばで過ごす一日は、きっと日々の疲れを癒《いや》してくれるだろう。

シーズン中は家族連れで一杯であろうリゾートホテルも、さすがに台風と鉢合わせるかもしれない時期になると、それほど人は多くない。

チェックインをすませて、わたしたちは部屋に上がった。ツインの部屋は、ゆったりと空間が取られてあって快適そうだった。大きな窓からは海が見える。

女の子が、恋人に連れてきてもらったら喜びそうな部屋。そんなふうに考えてしまい、苦笑する。

今のわたしの状況は、恋人に連れてきてもらった女性そのものだ。だのに、そのイメージはどこか他人事のように思える。

恋愛映画やラブソングなどに描かれているような恋愛なんて、どこにあるのだろう。少なくともわたしは、そんな甘い状況に自分を重ね合わせることはできない。人を好きになって感じるのは、どこか病的なほどの焦燥感と、重い不安だけだ。たとえ、好きな人が、すぐそばにいるときでさえ。

銀京さんは、靴を脱ぐと、くつろぐようにベッドに横たわった。わたしも空いた方のベッドに自分の荷物を置いて座った。

「暑かったから、疲れましたね」

銀京さんのことばに頷く。そんなに歩き回ったわけでもないのに、背中と首筋が汗で濡《ぬ》れている。

「一休みしたら、下のレストランで食事しましょうか。地下に温泉もあるらしいから、食事の前に一風呂《ひとふろ》浴びてもいいけど」

「でも、旅館じゃないから、浴衣《ゆかた》で食事というわけにもいかないですよね。また着替えてお化粧するのも面倒だし……」

「そうですね。じゃあ、食事の後にしましょうか」

サンダルで歩いたせいで、強《こわ》ばったふくらはぎを揉《も》みほぐす。足先に少しずつ血行が戻っていく感じが心地よい。

横たわったまま、彼が言った。

「五年ぶりですよ。こっちに帰ってくるのは」

「そんなになるんですか？」

「ええ、帰る必要もなかったし、帰りたくもなかったですからね」

親と縁を切ったと彼は言った。帰りたくない、と言い切るほど、つらい記憶がここに残っているのだろうか。

クーラーの冷気のせいで汗が引いていく。

「でも、帰ってみたら懐かしかった？」

彼はごろりとこちらを向いて微笑した。

「そうですね。でも、母親に会わないかと思って冷や冷やしましたよ」

「もう会うのもいやなんですか？」

彼は静かに頷いた。

「母はまだぼくを許してはいないですから。会えばきっとひどいことになる」

わたしは驚いて彼の目を見た。訊ねていいものかどうか迷うわたしに、彼は優しく目を細めた。

「母は、ぼくが母を裏切ったと思っているんです」

「裏切ったって……」

彼はゆっくりとベッドから起きあがった。

「ぼくは別に裏切ったつもりはない。ただ、自分の望む道を選んだだけです。でも、それは母にとって裏切りだったらしい」

「望む道って……歌舞伎役者のことですか？」

「そうです。でも、それだけじゃない。東京に出たこと、高校生の時、母が嫌っている女の子とつきあったこと、自分でアルバイトをしてバイクを買ったこと、そのどれもが母にとっては許せない裏切りだったみたいです」

「そんな……」

彼は前屈《まえかが》みになって膝《ひざ》の上で両手を組んだ。自嘲気味に話を続ける。

「中学生の時、父と母が離婚して、それから母はひとりでぼくを育ててくれました。苦労したのは事実だと思います。けれども母は、自分が苦労した分、ぼくのことを支配する権利があると思いこんでいるらしい」

彼はまるでおかしいことでも思い出すように、くすりと笑った。

「耐えられなかった。ぼくが少しでも母の思い描いているように動かないと、片親だから悪かった、自分の育て方が悪かったから、こんなことになったといって泣くんです。そうしてこれ見よがしに、倒れるまで無茶に働いて、『全部ぼくのためだ』と言うんです」

ここんところに、と言って彼は自分の額を指さした。

「五寸釘《くぎ》を一本打ち込まれているような気分でしたよ」

夕焼けが反射して、部屋が赤く染まる。

「大変だったんですね……」

わたしはどう言っていいのかわからず、やっとそれだけを言った。

「母を愛しているうちは大変でした。でも、あるとき気づいたんです。そんな母に縛られる必要なんかないんだ。母のためにぼくは生きているわけではないのだってね。その瞬間、五寸釘は抜けました。それからは身軽なもんですよ」

そう言うと、彼は急に真剣な顔をしてわたしを見た。

「冷酷な男だと思いますか？」

わたしは首を横に振った。彼の表情がまた和らぐ。


次の日もまた晴天だった。

もう一度別荘の周りを歩いてみたい、そう言ったのはわたしだった。実家はあまりにも長い期間暮らしすぎて、過去の思い出はすべて上書きされてしまっている。ここならば、昔の記憶に触れることができるかもしれない、そんな気がしたのだ。

また、家の前を通ったが、中に住んでいる人の姿は見えなかった。だのに、家は雄弁になにかを物語る。洗い立てのスニーカーや、古いけれどきれいに磨かれた車。なんとなく眩しすぎて、わたしは目をそらす。

彼と一緒に家のそばをただ歩き回った。見覚えのある景色も、背が伸びたせいか、まるで遠近感の狂った絵のような違和感を感じる。

急に携帯電話が鳴り、わたしはあわてて鞄《かばん》を開けた。

「はい」

「もしもし、笙子ちゃん。ぼくだ」

一瞬、誰だかわからなかった。その声はたしかに陽平兄さんだった。

「ああ、兄さん。どうしたの?」

「今どこにいるんだ」

兄さんの声はまるで怒っているように聞こえた。なにかあったのか、とわたしは姿勢を正した。

「お友だちと旅行にきているの。どうかしたの?」

「大磯にいるんだろう」

急に言い当てられて、わたしはうろたえた。なぜ兄さんがそれを知っているのだろう。

「どうして知っているの?」

「そんなことはどうでもいい。今、どこにいるんだ。別荘の近くか？」

「どこって、どうしてそんなことを兄さんに言わなきゃならないの？」

不穏な空気を感じたのか、傍らの銀京さんの顔も強ばっている。

「今、車でそばまできている。今から迎えに行くから」

「どうして？　なにかあったの。もしかして父さんに……」

「違う。後できちんと話す。笙子ちゃん、今、中村銀京と一緒だろう」

そこまで言い当てられ、わたしは息を呑《の》んだ。

「どうして……」

「いいか。よく聞くんだ。そいつの言うことなんか聞いちゃいけない。銀京がどう言い訳しても、耳を貸すんじゃない」

陽平兄さんはいったい、なにが言いたいのだろう。重苦しい不安に押しつぶされそうになりながら、わたしは携帯を握りしめて叫んだ。

「わからない。どうしたっていうのよ。きちんと説明して」

「会ってから説明する。いいか、銀京がなにを言っても信じるんじゃないぞ」

兄さんはわたしに近くの国道まで出るように言うと、電話を切った。携帯を叩《たた》きつけて壊したいような衝動にかられながら、わたしは唇を噛《か》んだ。

「月之助さんからですね。どうしました？」

銀京さんは冷静な口調でそう訊ねた。

「七十一号線に出ろって……」

「じゃあ、行きましょうか。少し歩きますから」

まるで電話がかかってくることを予期していたように銀京さんはそう言って笑った。わたしは彼を見上げる。彼からなにかことばが聞きたい。

けれども彼はなにも言わずに、ただわたしの前を歩いていく。

陽平兄さんのことばの意味を彼に問い質《ただ》したい気持ちと、聞くのが怖いような気持ち。ふたつが入り交じって、わたしの中を駆けめぐる。感情が揺らいで心が壊れてしまいそうだ。

陽平兄さんの車はすぐにやってきた。白い外国車がわたしたちの前に停まった。ドアが開いて、陽平兄さんが飛び出してくる。

「さあ、笙子ちゃん、帰ろう」

「待ってよ。わたし、まだ理由を聞いていないわ」

「車の中で説明する。乗るんだ」

銀京さんは、少し距離を置いて黙ってわたしたちを見ていた。止めようとも、なにか言い訳しようともしなかった。

「いやよ。そんな理由も言わずに帰れなんて言われても、納得できない。家出を見つかった子どもじゃあるまいし、勝手なこと言わないで」

陽平兄さんの腕を振り払ったとき、銀京さんが口を開いた。

「今日は帰った方がいいと思いますよ。笙子さん」

わたしは振り返って彼を見た。彼の表情は相変わらず変化がなかった。日差しを受けて少し茶色い髪が光っているだけだった。

銀京さんは陽平兄さんのところに歩み寄った。

「そのうち、きちんとご挨拶《あいさつ》に伺わせていただいてよろしいでしょうか」

「くる必要はない！」

陽平兄さんは射るような目で銀京さんを見つめた。

「では、お手紙ででも今日のことを説明させていただきます」

「勝手にしろ」

陽平兄さんはわたしの腕をつかんだ。引きずるようにわたしを助手席に乗せる。

自分は運転席に乗り込むと、勢いよくドアを閉める。

銀京さんは車道の脇に黙ってたたずんでいた。わたしは彼の顔を見上げた。なにか言ってほしい。

車は走り出す。銀京さんはゆっくり頭を下げた。

彼の姿が見えなくなるまで、わたしは茫然《ぼうぜん》と後ろを見つめていた。やっと我に返って、陽平兄さんの方を向く。

彼はきつく眉《まゆ》を寄せたまま、ハンドルを握りしめていた。

「いったいなにがあったの。説明してよ。銀京さんがなにをしたっていうの？」

「あの男は、笙子ちゃんを利用しようとしているだけだ」

「利用ってなによ！」

兄さんは乱暴にハンドルを切った。吐き捨てるように言う。

「あの男の目的は、役者としての自分を売り込むことだ。あちこちに手を回して、コネを取り付けている」

「だから、どうしたっていうのよ」

「わからないのか？」

赤信号の寸前でブレーキを踏み、兄さんはわたしの方を向いた。

「歌舞伎役者の娘婿になれば、叔父《おじ》さんに引き立ててもらえる。うまくいけば、大きな名前を継がせてもらえるかもしれない。あいつはそう思って笙子ちゃんに近づいたんだ」

わたしは兄さんを見上げた。反論することばを探した。けれども思考は無駄に空回りを続けるだけだった。

兄さんはわたしに言い聞かせるようにゆっくりと言った。

「信じるも信じないも、笙子ちゃんの勝手だ。けれども、あの男が役者としての成功を目指して、売り込みや根回しをしていることは、役者なら誰でも知っている。それでも、あいつを信じるというのか？」

わたしはぼんやりと兄さんの顔を見つめていた。彼を信じると言いきれるほど強いなにかなどわたしたちの間にはなにもないのだから。

第六章

駅を出てから気がついた。傘を楽屋に忘れた。タクシーを使おうかと少し思ったが、なんとなくそれすらおっくうで、小雨の中をただ歩いた。

それほど強い降りではないが、少しずつ衣服が水を含んで重くなっていくのがわかる。顔と髪が濡《ぬ》れるのは冷たくて気持ちがよかった。

靴下も濡れて、ずくずくと靴が鳴る。さすがにうんざりした頃に、やっと今泉のマンションに辿《たど》り着いた。

それほど人が住んでいないのか、明かりのついている部屋は少ない。重い身体を引きずって階段を上り、ドアホンを押した。

ドアが開いて、顔を出した山本くんが目を丸くした。

「小菊さん、どうしたんですか？」

「傘を楽屋に忘れちまってね」

「風邪引きますよ。ささ、入ってください」

中に入ってバスタオルを出してもらった。ハチが少し離れたところから、うさんくさそうにわたしを見上げている。

全身を拭《ぬぐ》うと、タオルはたちまち湿って重くなった。思っていたより自分はずぶ濡れになっていたらしい。

奥からパジャマ姿の今泉が出てきた。わたしを見て顔を曇らせる。

「事故があったんだって？」

「まあね」

自分でもそっけない返事だと思ったが、どう言っていいのかわからなかった。夕刊には報道されたらしいから、今泉だってだいたいのことは知っているだろう。

景太郎くんの遺体を発見したのは、早朝に劇場入りした大道具さんだった。大道具部屋は劇場の地下にある。かなり大きいものまでそこで作るから、舞台と同じくらいの広さと天井の高さがある。

全身に打撲と頭を打ったような痕《あと》があったそうだ。大道具部屋には普通の二階くらいの高さに作業用の通路がある。簡素な手すりしかないから、そこから足を滑らせて落ちたらしかった。鬘《かつら》と衣装は外していたが、白塗りの化粧はそのままだったそうだ。

楽屋には警察が数人出入りしていた。うちの師匠も同じ舞台に立っていたからいろいろ質問を受けたが、舞台が終わった後のことは知るはずもない。実際、舞台が終わってから景太郎くんの姿を見た人間はいなかった。

千松の代役はすぐに手配された。幸い、半年前の公演で千松を演じた子役のスケジュールが空いていて、上演時間に間に合った。

彼の遺体も嘆き悲しむ母親の姿も見ることはなく、すべては事務的に処理されていく。ただ、どうしようもなく陰鬱《いんうつ》な空気が楽屋中に漂っていただけだ。

「小菊さん、その子どもとは親しかったんですか？」

お茶を淹《い》れてくれながら、山本くんが心配そうにわたしの表情を窺《うかが》う。

「いや、挨拶《あいさつ》ぐらいしかしたことなかった。師匠だって一緒に舞台に立つのは今回がはじめてだしね」

それにまだ、今月の初日がはじまってから五日しか経っていないのだ。親しくなる暇もない。

ただ、礼儀正しくきっちり手を付いてお辞儀する少年の姿が、くっきりと脳裏に焼き付いているだけだ。

かわいそうだというより、むしろ腹立たしい。どうしてそんなことになってしまったのか。

山本くんが、熱い紅茶で満たされたカップをわたしの前に置いた。礼を言ってそれを手に取る。湯気が心に染み渡るような気がした。

「やんちゃな子どもだったのか？　大道具部屋に勝手に入り込むような……」

わたしは首を横に振った。

「そんなことをしそうもない大人しい子どもだったってさ」

仙蔵姐《ねえ》さんは、何度か景太郎くんと共演していて、同室になるのもはじめてではなかったらしい。彼が、苦しげにわたしを呼びつけて言った。

「あの子がなんの理由もなしに、大道具部屋に行くなんてことはあり得ないよ。どうして昨日に限って、そんなことをしたんだろう」

大人しい、静かな少年だったらしい。行儀よくきちんと正座して、はきはきと挨拶をした。舞台が終わったあと、母親が迎えに来るのが遅いときは、楽屋の壁にもたれて携帯ゲームに熱中していて、その表情だけが子どもらしかったと、仙蔵姐さんは寂しげに語った。

師匠も今日は、ほとんど黙ったままだった。景太郎くんの名前さえ一度も口に出さなかった。

師匠はたぶんつらかったのだろうと思う。景太郎くんの事故のあとで、子どもの死を扱う舞台を演じることが。しかし、舞台の上の師匠は、まさに鬼気迫るといった迫力で、政岡を演じきっていた。

わたしの気分が伝染したのか、ハチまでもが大人しくしている。今泉と山本くんもただ黙って座っている。わたしは鼻をすすり上げた。

「悪いね。湿っぽい雰囲気になっちゃったね」

無理に笑おうとした。けれどもそのとたん、なにかが胸の奥から込み上げる。わたしは顔を覆った。

「小菊……」

今泉の困惑したような声がやけに遠く聞こえる。

あの少年のことはほとんど知らなかった。けれども、子どもには未来が開けているゆえのまぶしさがあって、それが失われたことが、ただどうしようもなくつらかったのだ。


次の日、楽屋の給湯室でお茶を淹れていると、仙蔵姐さんが顔を覗《のぞ》かせた。

「ちょっと小菊ちゃん、聞いたかい？」

「なにをですか？」

「景太郎くんの話だよ」

わたしは眉《まゆ》をひそめた。仙蔵姐さんはわたしの腕をつかんで給湯室の隅に連れて行った。

「どうかしたんですか？」

「景太郎くんの死因が病死だったらしいんだよ」

「はあ？」

わたしは目を見開いた。

「病死って……じゃあどうして大道具部屋にいたんですか？」

「それはわからないけど……警察の人がそう言っていたんだ」

「景太郎くんは持病を持っていたんですか？」

「喘息《ぜんそく》持ちだったんだ。それが急激に悪化して……という話らしいんだけど……」

「そんな……」

たとえそれが本当だったとしても、彼が普段はいかない場所に行って、そこで倒れてしまっただなんて、不自然きわまりない。

仙蔵姐さんはため息をつくように言った。

「喘息があるという話は、わたしも聞いたことがあったんだよ。でも、命に関わるほどひどいという雰囲気はなかった。特に喘息の薬を持ち歩いていた様子はなかったし」

「大道具部屋に喘息を誘発するようなものがあったんでしょうか」

「たしかにほこりっぽくないとは言わないけどねえ……そんなことを言ったら舞台裏だってほこりっぽいしね」

仙蔵姐さんのことばに、わたしも頷いた。

仙蔵姐さんと別れて、わたしは師匠の楽屋に向かった。昼の部で師匠は「吃又《どもまた》」の女房おとくを演じている。

「おはようございます」

暖簾をあげて挨拶をして中に入る。師匠は浴衣《ゆかた》姿で白粉《おしろい》を溶いていた。わたしの顔をちらりと見上げる。

「聞いたようだね」

「景太郎くんのことですか？」

師匠は黙って頷《うなず》いた。弟子に入って長いからもう仕方ないのだが、やはり顔を見ただけで考えていることまで読みとられるのは、いい気持ちではない。

「まったくいやんなるね」

師匠は吐き捨てるように言って支度をはじめた。浴衣の襟《えり》を抜くと、鈴音が刷毛《はけ》を持って後ろに立つ。師匠は鬢《びん》付け油を両手でこねながらこちらを見た。

「今泉さんを呼んでくれないか？」

「景太郎くんのことでですか？」

「当たり前だよ。ほかになにがあるってんだい」

何度か、師匠のまわりで起きた事件を解決しているせいもあって、師匠は今泉のことを妙に気に入っている。しかし、今回の件は警察が捜査しているはずだ。今泉の出る幕はないだろう。

わたしがそう言うと、師匠は不機嫌そうにわたしをにらみ付けた。

「警察なんか当てにならないよ。今泉さんに話をしておくれ。謝礼はわたしが払うから」

貧乏なあのふたりには、そりゃあ願ってもない話だろうが、わたしはどうも納得のいかない気持ちで師匠を見た。

今まで、今泉が関わってきた事件は、警察に相談しようもないものか、すでに警察が手を引いてしまった事件だった。警察が今、動いている事件を、彼にどうにかできるとは思えない。

とはいうものの、師匠が言い出したらきかないことは、身に染みてわかっている。弟子としては言うとおりにするしかないだろう。

「じゃあ、今日帰りに寄ってみます」

「そうしておくれ。ちゃんと手みやげでも買っていくんだよ」

「はあ」

師匠の判断が正しかったことは、その日のうちにわかった。警察の捜査が打ちきられたのだ。

「まったく冗談も休み休み言ってほしいよ」

わたしは苛立《いらだ》ちを今泉にぶちまけた。

「昨日まであんなに元気だった子どもが、いきなり病死だなんて、そんなこと信じられないよ」

「そりゃあ、人間の身体なんて、いつどうなるのかわからないさ」

「ブンちゃんまで、そんなことを……」

今泉はやけに冷静に、肘《ひじ》をついて考え込んでいた。

「そりゃあ、菊花師匠の頼みならやらせてもらうけど……」

わたしは眉をひそめた。

「気が進まないのかい？」

「いや、そういうわけじゃないけど、警察は専門家だからね。後から出ていったぼくがそれほど役に立てるとは思えないだけだ」

「なんだい。相変わらずやる気がないねえ。たまには胸を張って、わたしにまかせておきなさい、とでも言ったらどうなんだい」

「悪いね。だけど、これが性分だ」

今泉はソファから立ち上がると窓の方に歩いていった。相変わらず頼りになるのか、ならないのかよくわからない。

だが、その前の事件でも今泉は隠されていた真実を暴いた。もつれて入り組んでいたいろんな出来事をすべて解いて見せた。

窓から外を眺めていた今泉が振り返った。

「たぶん、菊花師匠もぼくにそんなことを期待しているわけじゃないんだろうな」

「え？」

「警察以上の事実を探り出すなんてことはね」

わたしは目を見開いた。

「そんなことないよ。菊花師匠はブンちゃんに期待していて……」

「まあ、期待されているのはわかるよ。けれどもぼくに求められているのは事実だけじゃなくて、事実の先を探すことだ。警察がそこまでは関心をもたないようなところをね」

「師匠がそんなことまで考えているとは思わないよ。あの人は単に二時間ドラマの探偵ものが好きで、それで……」

そこまで言ってわたしは口を閉ざした。

「それで、どうしたんだ？」

「あの子の死を悼んでいるだけだ」

今泉は腕を組んだまま視線を落とした。深くため息をつく。

「たぶん、菊花師匠はなにか気づいているのだと思う」

「なにかってなんだよ」

「今、聞かれても困るよ。まだあまりにも材料が少なすぎる」

たしかにわたしも今泉に話せることはほとんどない。景太郎くんのことすらほとんど知らないのだ。

「ともかく引き受けてくれるんだろう」

「ああ、やるべきことはやってみるよ」

頷《うなず》きながらも、今泉の表情はどこか暗かった。


今泉が引き受けてくれたことを話すと、師匠はしばらく黙っていた。

目の前の鏡に、年の割に皺《しわ》の少ない、白粉焼けした師匠の顔が映っている。

「昨日はああ言ったものの、もしかしたらご迷惑かもしれないと思ったんだけどね」

化粧用の筆を弄《もてあそ》びながら、師匠は低い声でつぶやいた。

「迷惑なんてことはありませんよ。ブンちゃんは仕事がなくて困っているくらいだし……むしろ助かると思いますよ」

「この前は、後味の悪い思いをさせてしまったからね」

一年半ほど前の事件。舞台の上に振る花びらを追った事件のとき、今泉は途中までずっと事件に関わることを拒み続けていた。それを無理矢理引きずり出したのは、わたしや師匠だ。師匠は未《いま》だにあのときのことを申し訳なく思っているのだろうか。

わたしは膝《ひざ》に手を置いて、師匠の目を見た。

「今泉は、師匠がなにか気づいているんじゃないかって言っていました」

師匠は驚いたように目を見開き、それから含むように笑った。舞台の上で見せるような艶《あで》やかな笑顔だった。

「鋭い人だねえ」

「師匠、いったいそれはなんなんですか？」

「駄目だよ。おまえが知るようなことじゃない。必要があれば、わたしが今泉さんに直接話すよ」

柔らかく、でもきっぱりとそう言われて、わたしは仕方なく引き下がった。師匠を説得できるような実力などないことはとっくに理解している。

「それはそうと、今夜は景太郎くんのお通夜だそうだ。あんた、わたしの代わりに行ってくれるかい？」

本当は自分で行きたいのだろうが、夜の部の舞台に穴を開けるわけにはいかない。

「わかりました。今日は『桜姫』の稽古《けいこ》がありますけど、休んで行ってきます」

師匠の手がひらひらとそよいだ。

「ああ、じゃああんたはいいよ。別の者に行ってもらう」

「でも……」

「でもじゃないよ。あんたまだ、役者の本分はなにかわかっていないようだね」

師匠はきっとわたしをにらみ付けた。

「わたしの代理でお通夜に行くなんて、あんたじゃなくてもできる仕事だ。だけど、舞台はあんたじゃなきゃいけないんだよ。今までの大部屋と一緒に考えてちゃいけないんだ。そんなこともわからないのかい」

「す、すいません……」

わたしは思わず背筋を縮めた。

「それと、今泉さんにも今日お通夜だということを知らせておいた方がいいかもしれないね」

「はい、じゃあ後で携帯に連絡しておきます」

「頼んだよ。それから菊枝を呼んでくれないか。あの子にお通夜に行ってもらうから」

わたしは頭を下げて、楽屋を出た。今日の師匠はどこか不安定な気がした。


「小菊さん！」

稽古場近くの路上で、いきなり声をかけられて振り向いた。

肩から大きな帆布の鞄《かばん》を下げ、帽子をかぶった青年が駆け寄ってきた。一瞬、誰だかわからなかった。つばのあるキャップの下から覗いたのは、銀京の顔だった。

「ああ、おはよう」

わたしのそっけないことばがおかしかったのか、銀京はくすりと笑った。鞄を持ち替えて並んで歩き出す。

姿を見つけたからといって、名前を呼んで駆け寄るほど親しくしているつもりはない。それともこの男は、わたしに嫌われているとは思っていないのか。

「子役のこと、大変でしたね」

銀京の師匠である中村銀弥は、今月は国立劇場に出演しているから、彼もそちらに出ているはずだ。もちろん、話は伝わっているだろうが。

「景太郎くんを知っていたかい？」

銀京は神妙な顔で頷いた。

「先月の寺子屋にも出ていましたから。大人しい子どもでしたね」

たしか、先月の「寺子屋」は銀京の師匠の中村銀弥が戸浪《となみ》を演じていたはずだ。子役と接する機会もあっただろう。

「今日、お通夜だってさ。まったく痛ましい話だよ」

「そうですね」

銀京は考え込むように下を向いて、それから口を開いた。

「事故だったんですか？」

「わからないよ。病死だという話だけど、地下の大道具部屋に自分で降りていって、そこで倒れるなんて、妙なことだらけだ。わたしが親なら納得できないよ」

だからといって、誰かがあんな小さな子どもを殺そうとしたなんて、考えるだけで鳥肌が立つ。

「うちの若旦那《わかだんな》が言っていましたよ。菊花さんのお知り合いに腕の立つ探偵がいるって。だから、今回のこともその人が調べるんじゃないかって」

わたしは足を止めて、彼をまじまじと見た。

中村銀弥は一度、今泉に会っている。今泉が事件を明らかにする瞬間も目撃している。今泉のことを覚えていてもおかしくはない。だが、銀京のことばに、一瞬悪意に近いものを感じたのは気のせいだろうか。

「ああ、師匠が頼んで、調べてもらうことになったよ。警察以上のことがわかるかどうかは怪しいけどね」

銀京は、どこか満足げに頷いた。

「なら、これだけお伝えしておきます」

「なんだい？」

「景太郎くんの母親に、恋人がいたことは知っていますか？」

わたしは思わず訊《たず》ね返した。

「恋人って……景太郎くんのお父さんは？」

「去年、離婚していますよ。その人とは別の人間です」

わたしは眉をひそめた。

「独り身なら恋人がいようが、別にかまわないじゃないか。そんなゴシップみたいなことを聞いて、なんになるんだい」

銀京は軽く肩をすくめた。

「さあ、けれども少なくとも、なんの障害もないと言い切れるような関係ではないことはたしかですよ。今回の件と関係があるかどうかはともかく」

銀京はわたしになにを言おうとしているのだろう。彼の目がどこかぎらぎらしているようで怖い。

「どうしてそんなことをわたしに言うんだい」

「別に大した意味はありませんよ。でも、情報は多ければ多いほどいいでしょう」

銀京はそう言って微笑した。

「では、ぼく、先に行っていますね。今日はうちの若旦那が稽古を見に来るんで、早めに行って待っていないと」

早足で歩き出す彼の背中を眺めながら、わたしは立ちつくした。

あの男が意味のないことをするとは思えない。間違いなく、なにか目的があるのだ。

その日の稽古には、彼の言ったとおり中村銀弥がきていた。

若手女形随一の実力者。目を奪われずにはいられない華やかな容姿と、古風な芸風で若者から年季の入った歌舞伎《かぶき》ファンまで人気を博している。単なる人気役者ではない。この役者の芸風にはどこか、巫女《みこ》めいた怪しさがある。

本物の、役者になるために生まれてきた、役者。

銀弥は稽古をするわたしたちに、あれこれ指導をしてくれた。中でも、彼の銀京に対する指導は、執拗《しつよう》なほどだった。銀京の一挙一動に、身の縮み上がるような厳しい叱責《しっせき》が飛ぶ。

銀京も額に汗を滲《にじ》ませながら、真剣に彼の指導を聞いていた。どんなきついことを言われても、不服そうな顔すら見せなかった。

普通の人が聞いたら、苛《いじ》めかと思うかもしれない。銀京の指導はそれほど厳しかった。

中村銀弥は銀京のことを気に入っているのだ、とわたしは気づいた。彼の才能を認めているのだ。でなければ、いくら弟子とはいえ名題下の役者にこれほど、真剣な指導をするはずはない。

同時に銀京の勘の良さも、見ていればよくわかる。同じ叱責を二度受けることは決してなかったし、抽象的な指導もすぐに意味を理解する。

教える方も、教わる方も、恐ろしいほど真剣な目をしていた。

銀京がなぜ深見屋に弟子入りしたのか、その理由がやっとわかったような気がした。


昼の部の出番を終え、楽屋でくつろいでいる師匠のそばについていると、暖簾が揺れた。

「あの……菊花さん、お邪魔させていただきます」

暖簾をあげて入ってきたのは、景太郎くんの母親だった。師匠が背筋を伸ばすのがわかった。わたしも自然と緊張する。

たった数日しか経っていないのに肉を削《そ》いだように面やつれした顔で、彼女は頭を下げた。

「このたびは、ご迷惑をおかけしました」

力のない声でそう言って頭を下げる。師匠も座布団を外して、手をついた。

「なんとお悔やみ申していいのか……」

ずいぶん泣きはらしたのだろう。充血した目が痛々しい。鞄をきつく握りしめて、彼女は楽屋口に腰をかけた。あわてて座布団を勧める。

「ご病気だったと聞きましたが」

城山さんは鼻をすすりながら頷いた。

「ええ、もともとアレルギー体質で気をつけていたのに、こんなことになるなんて……」

「喘息というのも恐ろしいですね」

子どもの病気としては珍しくもないはずなのに、時に死の原因になってしまうなんて。

城山さんはゆっくり首を振った。

「わたしがいけなかったんです。もっとあの子に気を配っていれば……」

「景太郎くんの喘息は、そんなにひどかったのですか？」

「いいえ、普段はそれほどでもなかったんですが、市販の風邪薬に対するアレルギーがあって、それはあの子にも言い聞かせてあったはずなんです」

「風邪薬？」

「はい。どうやらあの子、どこかでもらった薬を飲んでしまったらしいんです。たしかに数日前から風邪気味だったから……。けれども、普段から、風邪薬だからといって簡単に飲んではいけないと言っていたはずなのに……」

わたしと師匠は顔を見合わせた。師匠がおずおずと訊ねる。

「では、景太郎くんの喘息が急に悪化したのは、その風邪薬のせいだと言うんですか？」

「はい」

城山さんは唇を噛《か》みしめた。

「だれが、景太郎くんに風邪薬を渡したのかはわからないんですか？」

「ええ、それは……。普通に市販されているものですし……」

わたしは息を呑《の》んだ。もし、それが悪意を持って景太郎くんに渡されていたのだとしたら。

「彼がなぜ、大道具部屋に行ったのかもわからないんですか？」

「ええ、警察の方も男の子だから知らない場所を探検したかったんだろう、なんて言いましたけど、あの子はそんな快活な子ではなかったですし、それにこの劇場には何度も出ているのに、急にそんなことをするなんて……」

「お母さん」

師匠が低い声で言った。

「お子さんを亡くされたばかりの方にこんなことを言うのは不躾《ぶしつけ》かもしれません。けれども、やはり今回のことは不自然なことが多くはありませんか」

城山さんはしばらく黙っていた。泣くのを堪《こら》えているように見えた。やっと口を開く。

「わたしには……まだなにもわからないのです。不自然なのか、仕方なかったのか、わたしが悪かったのか、なにかほかに原因があるのか。今は考えることすら苦しくて……」

「お察しします……」

師匠の声も苦しげだった。痛ましさに胸が押しつぶされそうになる。

「もし、少し気持ちが落ち着かれましたら、一度わたしの知り合いに会っていただけませんか？　腕のいい探偵さんで、今回の不自然な部分も調べてくださるかもしれません」

城山さんは頷いた。潤んだ目で師匠を見つめる。

「いつでも……かまいません。今は気が紛れることがあった方が少しでも楽なんです」


舞台が終わってから、近くのインド料理屋で今泉と合流した。

「本当は菊花師匠にも話を聞きたかったんだけどね」

ヴェジタブルカレーとビールを前にして、今泉はそう言った。今日は、警察やら景太郎くんの所属していた子役事務所を回っていたらしい。終わってから劇場にくる予定だったが、考えていたより手間取ったらしい。

あいにく師匠もご贔屓《ひいき》さんとの食事の約束があり、今泉のことを気にしながら車で出ていった。

「まあ、仕方ないよ。明日、くるんだろう？」

「ああ、そうさせてもらうつもりだ。劇場の方でも話を聞きたいし」

とりあえず、わたしの方から城山さんから聞いた話をする。今泉は確認するように頷きながら聞いていた。

「それは警察から聞いた話と一致する。景太郎くんはピリン系の感冒薬に強いアレルギーがあったらしい。死因はそれによるアレルギー性のショック反応だ。終演後、その薬を飲んでから、地下の大道具部屋を探検しに降りていき、そこで喘息の発作を起こしたというのが、警察の見解らしい」

「最初は、通路から落下したのだと聞いたけど」

「苦しまぎれに暴れて、通路から落ちたらしいのはたしかだ。だが、それは直接の死因にはなっていない」

わたしはどうしても気になっていたことを、おそるおそる訊ねた。

「その薬を、景太郎くんにあげたのは誰なんだい？」

今泉は即座に答えた。

「いや、それはわかっていない。普通に薬局で買えるものだし、こんなことになった以上、渡した人間が名乗り出ることも難しいと思う。だが、気になることがあるんだ」

「なんだい、それは？」

今泉が身を乗り出す。

「景太郎くんが飲んだ薬は、大人用だったんだ。それも普通の用量の倍以上を飲んでいる」

手に持ったスプーンが食器にぶつかった。

「ちょ、ちょっと待ってよ、それって……」

「渡した人間に悪意がなかったとはいえない、ということだ」

わたしは息を呑んだ。

「じゃあ、それって殺人じゃないか。薬だって、風邪薬だなんて言わずに、飲み物かなにかに混ぜて飲ませればいいし……」

「それは無理だ。もともとカプセルで売られているものだし、飲み物に混ぜれば苦みがひどくてすぐにわかる。それに、その薬のシートが景太郎くんの部屋の屑《くず》入れの中から見つかっている。警察は不幸な事故だと判断しているらしい。薬を渡した人間は善意で、景太郎くんが自分のアレルギーのことを忘れ、用量も間違えたのだと」

吐き気がするようだった。すっかり食欲をなくして、わたしはスプーンを置いた。

「どうしてそう言いきれるんだい」

「もし、その人間が悪意を持って、景太郎くんに渡したとしても、彼がそれを飲むかどうかはわからない。母親の話では、市販の風邪薬を飲んではいけないと言い聞かせてあったそうだからね」

「でも、実際、景太郎くんは飲んだんだろう。うまいこと言ったのかもしれないじゃないか。この薬ではアレルギーが起きないとか……」

今泉は顔の前で手を組んでわたしをじっと見た。縁なしの眼鏡のせいで優しく見えるが、眼鏡の下の目は思ったより鋭い。

「だとすると、悪意を持った人間は、景太郎くんに近い場所にいることになる。景太郎くんの病気のことを知っていて、彼が簡単に言うことを信じる人間」

胸の中にどんよりと暗いものが溜《た》まっていくようだった。わたしは深くため息をついた。

「まったく……憂鬱《ゆううつ》になるねえ」

「本当だ」

今泉も食べかけの皿を、テーブルの端に押しやった。

「ところで、子役事務所で訊《き》いたんだが、景太郎くんの十歳というのは、歌舞伎の子役にしては大きい方らしいね」

急に話を変えられ、戸惑いながらわたしは頷いた。

「ああ、まあ役にもよるけど、普通十一、十二くらいになると子役としては使えなくなるね。声変わりもあるし、やはり子役は小さい方がいじらしく見えるだろう」

千松の役も、普通なら七つか八つくらいの子どもが適役だろう。だが、景太郎くんは実際の年齢よりもずいぶん小さく見えた。

「こんな言い方は不愉快かもしれないが、景太郎くんはある意味理想の子役だったわけだね。見かけは子どもっぽく、中身は大人びている」

今泉のことばに妙な棘《とげ》を感じて、わたしは眉をひそめた。

「いったいなにが言いたいんだい」

「子役以外の彼が見えてこないんだ」

「え？」

今泉はビールのグラスをぐいと呷《あお》った。

「景太郎くんについて語る人はみんな、『大人しい子役だった』『利発な子役だった』と言う。けれども子役以外の彼がまったく見えない。まるで、あの子は子役でしかなかったようだ。子どもらしく活発に走り回ったりしたことなんてなかったみたいだ」

わたしは膝の上の手を握りしめた。

「お母さんに、話を訊いてみればいいんじゃないか」

「もちろんそうするつもりだ。けれど……気が重いな」

たしかに子どもをなくしたばかりの母親に、子どもの死について訊くのは、探偵でなくても気の重い仕事だろう。

今泉はポケットから煙草を出して、くわえた。

「ねえ、ブンちゃん」

「ん？」

「こんな話をするべきかどうかわからないんだけど、景太郎くんのお母さんに恋人がいる、という噂《うわさ》を聞いたよ」

今泉は片方の眉だけを動かした。

「たしか子どもの父親とは離婚して、今は独り身だという話だったな」

「そうなんだよ……あんまりこんな噂話はしたくないんだけどさ」

言いたくはない。けれども、銀京はまるでそのことが子どもの死に関わっているかのような言い方をした。もし、彼がそう感じる理由があるのなら、今泉に黙っているわけにはいかない。

「仕方がない。人が隠そうとしているものを探り出すこと自体が、決して品のいい行為ではないからね。誰からそれを訊いたんだ？」

「桜姫だよ」

今泉の目が細められる。わたしは、銀京との会話について話した。

「彼女の恋人のことよりも、なぜ、中村銀京がぼくにそれを伝えたいと思ったのか、の方が気になるな」

今泉のことばにわたしも頷いた。

あの男はいったいなにを考えているのだろう。

第七章

目を開けると煤《すす》けた天井が見えた。見覚えのない景色に瞬《まばた》きをする。

強《こわ》ばった頭が溶けるようにほぐれてきて、やっと自分が陽平兄さんの家にいることを思い出した。同時に昨日の泣き出したくなるようなやりとりも甦《よみがえ》ってきて、わたしはきつく唇を噛《か》む。

古びた時計を見ると、すでに十時を回っている。起きようかと思ったけれど、この家にいる誰とも顔を合わせたくなかった。もう一度布団の中に潜り込む。

四年前、父親を亡くしてから、陽平兄さんはこの家に、数人のお弟子さんたちと一緒に住んでいる。家政婦さんも、通いの人しか雇っていないはずだから、この家にいるのは、歌舞伎《かぶき》の関係者だけだ。

気持ちが泥水を含んだように重い。

あのあと、大磯から直接この家に連れてこられた。陽平兄さんがあんなに腹を立てるのを見るのもはじめてだったし、あんなに強引だったのもはじめてだ。

陽平兄さんはただの従兄《いとこ》だ。わたしのすることに干渉する権利なんかない。泣き出しそうになりながらわたしがそう言うと、陽平兄さんは一瞬、とても悲しそうな顔をした。もしかすると、三年前のことを思い出したのかもしれない。

でも、次の瞬間、顔を上げてまっすぐわたしを見てこう言ったのだ。

「俺《おれ》だけじゃない。叔父《おじ》さんも話を聞いてとても怒っている。あの男との交際を許すつもりはないとおっしゃっていたよ」

父がそんなことを。今まで父は、わたしのやることに干渉してきたことなどない。だのに、どうして急にそんなことを言うのだろう。

少し考えて気が付いた。父が守ろうとしているのは、鍋島屋《なべしま》の家だ。わたし自身ではない。

「叔父さんは言っていたよ。中村銀京ともう会ってはならない、と」

「そんなのわたしの自由だわ」

「笙子ちゃん」

陽平兄さんはまた悲しそうに顔を歪《ゆが》め、そうして口を閉ざした。

反発してみたものの、陽平兄さんが言ったことばは、わたしの中でぐるぐると回転を続けていた。

そんなはずはない。銀京さんがそんな下心を持って、わたしに近づいてきたなんて、思いたくはない。彼はあんなに優しかった。

そうきっぱり言い切れればどんなにいいだろう。けれども冷静なわたしが嗤《わら》う。そういうこともあるんじゃない、と。

彼と親しくなっていく過程はあまりにスムーズで、わたしが迷ったり、悩んだりする暇もなかった。嫌われるかもしれないと怯《おび》えながら、手を伸ばす必要すらなかった。いつも、彼は少しだけ先を歩んで、わたしを導いてくれた。まるで、少女に都合よく書かれた甘い物語のように。

振り返ってみれば、その甘さはどこか人工甘味料のような嘘《うそ》くささを伴っていた。

唯一、自信を持って言えるのは、彼が兄のことを大事に思っていて、兄の死の真相を探ろうとしているのは本当だということ。わたしは今まで、兄を殺す夢のことを人に話したことはない。

わたしに近づくためにでっち上げた話だとはとても思えない。もう、十五年も前に死んだ、会ったことのない人間の話などに、興味を持つ人はきっとそんなにいないだろう。

ただ、その話が、知り合うためのきっかけとして使われたと言われると、わたしにはそれを否定する根拠はないのだ。

彼は優しかった。柔らかい笑みを浮かべて、わたしの横に佇《たたず》んでいた。少し先を歩くときも、何度もわたしを気遣うように振り返ってくれた。

けれども、そんなことは彼の本心を知る手がかりにすらならないのだ。

胸を抉《えぐ》られたような痛みを覚えながら、わたしは布団に顔を押しつけて泣いた。

慣れない布団は親しみのない匂《にお》いがするから嫌いだ。


ずっと眠っていたかったが、尿意を感じて仕方なく起きた。とりあえず、身支度を整えて、洗面所に向かう。離れた部屋からは人の気配がしていたが、廊下では誰にも会わず、わたしは少しほっとした。

鏡の中の自分の顔はどこかむくんでいて、生気がない。冷たい水で顔を洗って、歯を磨いた。旅行帰りだから、洗面用具や身の回りのものはとりあえずそろっている。

ともかく帰ろう、と思った。これ以上、父や兄さんと話すことはなにもない。帰って、もう一度銀京さんと連絡を取ろう。彼の口からきちんと話が聞きたかった。

彼はいったいどんなふうに答えるのだろう。一瞬不安になったけれど、考えることはやめた。今、考えはじめたら無限ループに陥ってしまう。

彼の答えがどうあろうと、わたしは兄のことが知りたい。それだけは曲げられないのだ。

洗面所から帰る途中、お弟子さんらしい青年が向こうから歩いてきた。丁寧に会釈をする。

「おはようございます」

わたしは無言で頭を下げた。日に焼けた大柄な人は礼儀正しくこう訊《たず》ねた。

「朝食はお召し上がりになりますか？」

「結構です。もう、失礼しますから」

彼はすっと眉《まゆ》をひそめた。日に焼けた皮膚、目も口も大きくて、なんだか清潔な野生動物のような人だった。

「それは困ります。若旦那《わかだんな》から、笙子さんには今日はここにいてもらえ、と言われていますから」

わたしは驚いて、まじまじと彼を見た。

「そんなことを言われても、わたしにはわたしの都合がありますから」

彼は困ったように目をそらした。

「もちろん、そうだと思います。けれどもこれは若旦那だけの考えではなく、大旦那からも頼まれたことです。申し訳ありませんが、ご用があれば、代わりに家の者をやらせます。今日一日だけはこちらにいていただけないでしょうか」

また父だ。今まで父は、わたしに無関心を貫き続けていた。だのに、今頃になって、なぜ、こんなに抑えつけにかかるのだろう。

わたしはしばらく黙っていた。こんな理不尽な要求に従う理由などない。だが、目の前の彼が明らかに困惑しているのが伝わってきて、わたしもどうしていいのかわからなくなる。

目の前の彼には、なんの責任もない。弟子である彼には、父や兄さんに伝えられたことをそのままわたしに言うことしかできないのだから。

だからこそ、彼を通してこんなことを言ってきた父や兄さんに腹が立った。

「陽平兄さんは、どこですか？」

そう訊ねると、彼は首を横に振った。

「お出かけになっています。夜には戻られると思いますが……」

わたしは深くため息をついた。

「申し訳ございません……なにかご用がありますか？」

あるといっても、この様子では出してはくれないだろう。わたしはあきらめて首を横に振った。

「わかりました。でも、陽平兄さんが帰ってきたらすぐ知らせてください」

「はい、わかりました」

立ち去りかけた彼が、また振り返った。

「あの、なにか必要なものがあったら買ってきます。わたしに頼みにくいものでしたら、もうすぐ通いの家政婦さんがいらっしゃいますので……」

「今のところ結構です。なにかありましたら、お願いします」

彼は頷《うなず》くと、涼しげに笑った。

「市村月吉と言います」

なんとなく親しみの持てる、柔らかい笑顔だった。思わず尋ねていた。

「月吉さん、養成所の出身ですか？」

「はい、そうですが？」

喉元《のどもと》まで出かけた質問を呑《の》み込んで、わたしは、なんでもないと笑って見せた。

彼は銀京さんを知っているのだろうか。

陽平兄さんの家は、小さい頃から数え切れないくらい遊びに来ている。三年前からは足を向けることはなくなったが、家のことは勝手がわかっている。

兄さんが、そんなふうにわたしを拘束するつもりならば、お客様らしくしている理由はない。こちらも好きなようにさせてもらう。

腹立たしさのあまり、そう考えながら、わたしは廊下を歩いた。台所には人がいなかったので、ひとりでコーヒーを淹《い》れて飲んだ。コーヒーメーカーが違うものになっていて少し手間取ったが、それだけだった。自分専用のように使っていたカップまで食器棚に発見して、どんよりと重い気持ちになる。

リビングからは人の気配がしたので、カップを片手に元の部屋に戻る。たしか本棚のある部屋があったから、そこから読むものを借りて暇つぶしでもするつもりだった。

大して模様替えもしていないらしく、その部屋はすぐに見つかった。歌舞伎関連の書物がたくさん並ぶ中から、軽いエッセイ本を選んで部屋を去ろうとしたとき、ふと、本棚に違和感のあるものが並んでいることに気づいた。

子どもっぽいイラストが表紙のスケッチブックだった。この家には子どもはいない。しかも、真新しい。わたしは不思議に思って、それを取り出した。

ぱらぱらとそれをめくった。色鉛筆を使って力強くモンスターが描かれていた。テレビかほかの本を見て描いたのか、ひとつひとつ特徴がはっきりと出ている。描いたのは少年だろうか。好きなものを描いているんだということが、伝わってくるようだ。

微笑《ほほえ》ましく思いながら、ページをめくっていると、一枚のページで手が止まった。

そこには、はじめてモンスターではなく、人間の絵が描かれていた。

女か男かすらもわからない。ぼんやりと影の薄い人の輪郭。それは今までのモンスターの絵とは違い、躍動感もなにもなかった。

いまにも消えそうな線で描かれた人間。その上に黒い色鉛筆で大きく×印が描かれていた。

ふと、ある光景を思い出した。

ファミリーレストランのとても明るい窓際の席に、家族連れが座っていた。行楽の途中なのか、母親も父親も楽しそうに笑っていて、小さな女の子は可愛《かわい》らしいバッグにセットされた玩具《おもちゃ》の詰め合わせを持っていた。

そのいろんな玩具の入ったバッグは、子どもの時に持っていたものと似ていて、それが微笑ましくて、わたしはその家族を見つめ続けていた。

女の子は、そのバッグを開けて、中の人形をテーブルの上に広げた。小さな手で塩化ビニールの動物や赤ちゃんを、きれいに並べていた。

急に女の子が言った。

「これ、いらない」

たしかきりんの玩具だったと思う。なにが気に入らなかったのか、女の子はそのきりんを、小さな手でテーブルの隅に押しやった。

安物の玩具は、簡単にバランスを崩してテーブルの下に転がり落ちた。

胸が締め付けられるように痛くなった。

母親はなにか言いながら、それを拾い上げて、テーブルの端に無造作に置いた。女の子もそれ以上きりんには関心を払わず、父親と母親になにか一生懸命話しかけていた。

わたしはぼんやりと、隅っこに置かれたきりんを見つめていた。

（いらないなんて言わないで）

心の中で、そのきりんの声が響いたような気がした。

食事を終えて、その家族は席を立った。そのきりんの玩具は、母親が自分の鞄《かばん》の中にしまった。そのまま捨て置かれなかったことに、少し安心しながら、けれどもほかの玩具たちとは別にされたきりんが哀れだと思った。

家に帰れば、女の子も気が変わって、きりんでも遊ぶようになるのだろうか。

愛されない玩具なんて、存在しないのと同じだ、と思った。

わたしの母は、わたしが中学生の時、自ら命を絶った。わたしは修学旅行先で、その知らせを聞いた。驚きはしなかった。ああ、とうとう、とそう思ったことを、はっきりと覚えている。

母はその二、三年前から心を病んでいた。病気は少しずつ、静かに進んでいった。大人しい人だし、まわりに迷惑などかけなかったから、気づかない人も多かったと思う。けれども、わたしは気づいていた。ときどき、わたしのことを兄の名前で呼んだり、男物の服を買ってきたりした。静かに狂っていく母が恐ろしくて、わたしは母の間違いを正したりはできなかった。

ある日、母は手首を切った。やっとわたし以外の人たちも、母が病気であることに気づいた。そうして、二、三度それを繰り返した後、最後にビルの十五階から身を投げたのだった。

なんとなく母は、わたしに心の準備をさせてくれたような気がしていた。そうして、わたしの修学旅行中に最後のそれを行ったのは、わたしが母の遺体を見るようなことがないようにと思ってのことかもしれない、と。その程度にはわたしのことを愛してくれていたのだろう、と。

けれども、母は逝《い》ってしまった。兄を求めて、兄の元へ。

わたしはソファから身体を起こした。いつのまにか眠ってしまっていたらしい。かすかに記憶に残る夢は、苦い後味を伴っていた。

銀京さんのことを思いだした。彼の目尻《めじり》の下がった笑顔、静かな口調。彼の声が聞きたいと、唐突に思った。

電話をすれば、彼は弁明をしてくれるだろうか。そんな下心があってわたしに近づいたんじゃない、と言ってくれるだろうか。

彼から話すら聞かずに決めつけることはしたくない。

わたしはソファから立ち上がって、寝室として与えられた部屋に戻った。自分の鞄の中から携帯を取り出す。

電話をかけようとして、わたしは電波の状態があまりよくないことに気づいた。近くに大きなビルがあるせいだろうか。携帯を持って、縁側に出た。庭のところまで出れば、それなりに電波が入るようだった。

呼び出し音が響く。わたしは息を呑んで携帯を握りしめた。

彼と話せたとしても、わたしはきちんと彼を問い質《ただ》すことができるのだろうか。声を聞いたら、きっと気持ちがすくんで訊《き》けないような気がした。

「笙子さん」

いきなり後ろから声をかけられて、わたしはびくんと振り返った。

立っていたのは月吉さんだった。

「誰に電話をかけてらっしゃるんですか？」

電話は留守電に切り替わった。わたしはため息をついて、携帯を耳から離した。

「電話も自由にかけさせてもらえないの？」

「申し訳ございません。銀京以外の方にでしたら、かけていただいてもかまいません。けれど……」

銀京さんにはかけるな、ということか。わたしは彼をにらみつけた。月吉さんが悪いのではないことはわかっている。けれども、どう考えても理不尽で腹が立った。

「銀京さんを知っているの？」

「知っていますよ。研修所の後輩ですから、会えば話くらいします」

それほど親しくはない、ということか。

彼は少し躊躇《ちゅうちょ》したあと、おずおずと口を開いた。

「携帯、預からせていただいてよろしいでしょうか」

わたしは驚いて彼を見上げた。口調は控えめだったが、拒むことはできないような重さを感じた。

「そこまでされなくちゃいけないの？」

「申し訳ありません。リビングに電話はあります。そちらを使っていただいてかまいませんから」

リビングにはたぶん、人がいて、聞き耳を立てているのだろう。わたしは忌々しく思いながらも、携帯を月吉さんに差し出した。

「すみません」

本当に申し訳なさそうな顔で携帯を受け取る月吉さんに言った。

「銀京さんって、どんな人だと思う？」

なんとなくこの人は思ったままを答えてくれそうな気がした。

「笙子さんの方がよく知っているんじゃないですか？」

彼は少し困惑したように瞬《まばた》きをしながらそう言った。

わたしは彼のなにを知っているのだろう。そう思うとひどく不安になる。そばにいて、顔を見上げて、肌を触れ合わせて、それでなにが伝わるのだろう。

「どんな人……ですか。そうですね」

彼は天井を見上げるようにして考え込んだ。

「困った人間でないことはたしかです。人に迷惑をかけたり、嫌な思いをさせたり、そういうタイプではない。そういう意味ではまっとうな男でしょうね」

含みのあることばだった。わたしは続きを待った。

「けれども……なんていうんだろう」

ぴったりとはまることばを探そうとしているのか、月吉さんは首を傾げる。

「なんか人間味を感じないですよ」

決していい表現ではないのに、彼の表現にわたしはすぐに頷いた。

「滅多に腹を立てないし、どんなときでも冷静だ。けれども、穏やかというのとは少し違う気がします。楽しいときも、みんなが騒いでいるときも、どこか醒《さ》めた目でこちらを見ているような気がする。ぼくはあまり好きではないですね」

「そう……」

わたしは、昨日の大磯での彼を思いだしていた。怒って迎えにきた陽平兄さんにも、淡々と接していた。兄さんがくることを予測していたのだろうか。

月吉さんは白い歯を見せて笑った。

「よかったら、リビングの方にきませんか。ほかにも内弟子が何人かいるし、俺みたいなのよりも話が面白い奴もいますから」

彼が気を遣って言ってくれていることはわかった。わたしは苦笑した。

「ありがとう。でも、今日はそんな気にはなれない」


陽平兄さんが帰ってきたのは夜だった。

疲れたのか、ぐったりとした表情で、それでもわたしのいる部屋までやってきた。わたしはまだ陽平兄さんに腹を立てていた。月吉さんを使って、理不尽な要求を無理矢理通すなんて卑怯《ひきょう》だ。言いたいことは直接わたしに言えばいいのだ。

だから、兄さんが部屋に入ってきたときも、わたしは読んでいた本から顔すら上げなかった。

「叔父さんと話をしてきたよ」

兄さんはそう言いながらわたしの前に正座した。わたしは仕方なく本を閉じる。

「で？」

怒りを表すため、できるだけぶっきらぼうに答える。

「叔父さんは、今まで笙子ちゃんを自由にさせてきたことを、後悔してらっしゃったよ」

自由。その単語がおかしくて、口の端が歪む。ことばってなんて都合よくできているんだろう。父はわたしに無関心であっただけなのに。

「叔父さんは、きみに実家に帰るようにとおっしゃっている」

「いやよ」

「笙子ちゃん」

陽平兄さんは咎《とが》めるように、わたしの名を呼んだ。

「実家に帰るのはいや。父さんの顔ももう見たくない」

「わかった。じゃあ、そのかわり、この家にいてもらう」

わたしは、今度こそ本当に驚いて、陽平兄さんの顔をまっすぐ見てしまった。冗談を言っているような気配はなかった。

「なに、それ。まるで軟禁しようとしているみたいじゃない」

「そんなつもりはない」

じゃあどんなつもりがあって、わたしにこの家にいろなんて言うのだろう。

「悪いけど、夏休みは明日までなの。明後日からは仕事があるし……」

「叔父さんは仕事もやめるように、と言っている。生活に困っているわけでもないのになにも好きこのんでウェイトレスなどやる必要はないと」

「人の仕事を馬鹿にしないでよ！」

情けなくて、声を荒らげてしまった。それに、わたしの仕事はウェイトレスじゃない。きちんと調理師免許を取って、厨房《ちゅうぼう》に入っているのだ。

「笙子ちゃん」

陽平兄さんのことばは、上から抑えつけるような響きを持っていて、それがたまらなく不快だった。

「叔父さんは笙子ちゃんのことを心配して言っているんだ」

心配。なんて口当たりのいいことばなんだろう。要するにわたしが父さんの気に入らない行動を取ったから、それをやめさせようとしているだけなのに。

「心配してもらうようなことなんかなにもない」

「じゃあ、どうして銀京に騙《だま》されたりなんかしたんだ」

騙される。そのことばの含む毒の強さに、わたしはしばらくたじろいでしまった。わたしは騙されたのだろうか。

陽平兄さんは、今まで見たことのないような怖い顔で、わたしを凝視していた。

「騙した、なんてどうして決めつけるの？」

やっとそう反論した。だけど、自分の声にはさっきまでの勢いはなかった。

「決めつけるもなにも、そうなんだから仕方ない」

「そんなことない。銀京さんはわたしを騙したりなんかしていないもの」

自信を持って、そう言ったわけではなかった。むしろ、陽平兄さんが次にどういうかを知りたかったのだ。

兄さんは気持ちを落ち着けようとするみたいに、大きく息を吐いた。

「この前、笙子ちゃんは音也くんが殺されたかもしれない、と言ったね。あれは銀京に吹き込まれたことだろう」

わたしは息を呑んだ。

「それだけでも、あいつが嘘をついていることがわかる。音也くんは病気で死んだんだ。きみに近づくために、そんな根も葉もない嘘をでっち上げたんだ」

「違うわ！」

喉から出た声は、自分でもわかるくらいにうわずっていた。

「銀京さんは、音也兄さんと仲良かったのよ。だから、本気で死の真相を知りたいと思っていて……」

「だから、真相なんかないんだ！」

今にも泣き出しそうになるのを必死で堪《こら》えた。彼が兄のことを語るときの、あの懐かしそうな声、優しい目、それさえも嘘だと言うのだろうか。

追いつめられたような気がして、わたしは叫んでいた。

「だって、わたし、夢を見るもの」

唐突に言われたせいか、陽平兄さんはぽかんとした表情で、わたしを見つめていた。

「音也兄さんを殺す夢を見るの。何度も、何度も、喉に手をかけて、ゆっくりと絞めていくの。小さな頃から何回も見ていた。だから、銀京さんは嘘をついているんじゃない」

笑い飛ばされると思っていた。けれども、陽平兄さんは青い顔でしばらく黙りこくっていた。

「笙子ちゃん」

陽平兄さんはわたしの肩に触れた。

「そんなことは絶対にない。きみが音也くんを殺せるはずはない。きみが叔父さんのところに引き取られたのは、音也くんの亡くなった後なんだから」

その声は、さっきとうってかわってひどく優しかった。


わたしと陽平兄さんの関係がこんなふうになったのは、三年前からだ。

それまで、わたしたちは兄妹のように仲がよかった。陽平兄さんは家族同然にわたしの実家に出入りしていたし、わたしも陽平兄さんの家にはよく遊びに行った。

父のお弟子さんもうちには出入りしていたけど、その人たちとわたしの間には見えない壁のようなものがあって、親しくなることはできなかった。だから、陽平兄さんは、わたしにとっていちばん近しい異性だったのだ。

陽平兄さんはわたしに同情をしていたのではないか、と思う。とても優しい穏やかな人だったから、家の中にうまく馴染《なじ》めず、どこか孤立していたわたしを気にかけてくれていたのではなかったろうか。

けれども、わたしはその優しさを誤解してしまった。

わたしが早く気づいていればよかったのだろうか。今はそう思うけれども、昔のわたしには、そんなことは考えられなかった。

両親との関係がうまく築けなかったわたしには、陽平兄さんは唯一の、心から甘えられて、信じられる人だった。ただの同情で優しくしてもらっていることに気づいたら、きっとどうしようもないほどつらい気持ちになっただろう。

せめて兄さんに恋人でもいれば、違った結果になっただろうか。そんなふうに考えて、わたしは苦笑する。終わったことを今更考えたって意味はないのだ。

ともかく、わたしは陽平兄さんのことが好きだった。

中学生の頃は、一緒にいると楽しい兄のような人だと思っていた。それが本当に恋愛感情に変わったのは高校を卒業するあたりだろうか。

同級生の男の子ともつきあったりして、でも、陽平兄さんと一緒にいるときほど楽しい気分にはなれなくて、そうしてわたしは陽平兄さんを男性として意識していったのだと思う。

兄さんの休みの日には、かならずどこかへ一緒に行って、三日にあけず顔を合わせて、楽屋にもよく遊びに行って。そのくらい親密だったから、わたしは兄さんに拒絶されるなんて、少しも考えなかったのだ。

そうして、わたしは自分から一歩を踏み出した。

たぶん、ふたりでどこかに出かけた帰りだったと思う。陽平兄さんはわたしを家まで送ってくれて、その駅からの帰り道だった。

その少し前から、わたしは陽平兄さんに焦《じ》れていた。こんなに近くにいるのに、なんの進展もなく、子ども扱いされているのだと思っていた。

だから、そのとき、わたしははっきりと陽平兄さんに言ったのだ。わたしは陽平兄さんのことが好きだ、と。子ども扱いしないでほしい、と。

陽平兄さんは、しばらく呆然《ぼうぜん》とわたしを見ていた。あきらかに動揺して、顔が青ざめていた。

兄さんが動揺することは予想していたけど、その動揺はわたしの思っていたのとは違うように思えた。

「ごめん、笙子ちゃん」

陽平兄さんは何度もそう繰り返した。そうして、わたしは気づいたのだ。この人にとって、わたしは恋愛の対象ではまったくないのだ、と。

「きみはぼくにとって妹みたいなものだ。そんなふうに思ったことは一度もない」

陽平兄さんはそう弁解した。

ずるい、と思った。わたしは陽平兄さんの妹ではない。たとえ、妹みたいに思っていたのは本当だとしても、そこにはなんの禁忌もない。

はっきりと言えばいいのだ。わたしには女性としての魅力を感じない、と。わたしが陽平兄さんに恋愛感情を抱くことさえ、予測できないくらいに。

そうして、わたしと兄さんの間には壁が生まれた。兄さんはそれまでと変わらず、いや、それまで以上に優しくしてくれたけれど、それさえもわたしには苦痛だった。陽平兄さんが、自分を責めていることが伝わってきたから。

わたしは家を出ることにした。陽平兄さんと顔を合わせるのもつらかったし、もうその頃には父とは会話すらなかったから。

なによりもつらかったのは、陽平兄さんのことを考えるだけで、胸が塞《ふさ》ぐようになったことだ。

わたしの楽しい記憶の中には、いつも陽平兄さんがいたから。

夜中にふと、目を覚ました。明かりをつけて時計を見ると一時半だった。

床に着いてから二時間も経っていない。慣れない布団のせいか、それとも先ほどの怒りがまだ残っているせいか、眠りが妙に浅かった。

みんな夜が早いのか、家の中は静まりかえっている。なんとなく起きあがって、廊下に出た。

ふと、足音が聞こえてわたしは立ち止まった。不審に思ったのは、その足音が軽かったから。

足音の主が近づいてくるのがわかって、わたしはあわてて稽古場《けいこば》の中に隠れた。理由のない本能的な行動だった。

足音の主は稽古場の横を通り過ぎ、階段を二階に上がっていった。

わたしは息を呑んだ。柔らかい花の香り、女物の香水をたしかに感じた。それに、気配と影の輪郭もあきらかに若い女性のものだった。

二階にはお弟子さんの部屋もあるけれども、師匠と同じ屋根の下にいるのに、女性を連れ込むようなことはしないだろう。

ということは、今通り過ぎていったのは、陽平兄さんの恋人なのだろうか。

わたしは玄関に向かった。うっすらとついた明かりの中で探すと、隅の方に女物の靴があった。

わたしは深くため息をついた。陽平兄さんはもう三十だ。恋人がいたって全然不思議ではない。

けれども、心の一部が激しく反発をする。

わたしは好きな人との仲を、陽平兄さんに引き裂かれそうになっているのに。

銀京さん。

彼は今、どうしているのだろうか。わたしのことを考えてくれているのだろうか。それとも、わたしでは目的が達せられないことに気づいて、別のターゲットを探しているのだろうか。それとも、わたしのことよりも、兄の死の真相について考えているのだろうか。

わたしは壁にもたれて、薄暗い天井を眺めた。

ふと、気づいた。陽平兄さんも父も、わたしが兄を殺したことを知っているのではないだろうか。だからこそ、死の真相にわたしが近づかないよう、わたしを銀京さんから引き離そうとしたのではないだろうか。

背筋がすっと寒くなる。そうして、陽平兄さんがわたしを拒絶したのも、わたしの手が汚れていることを知っていたからではないだろうか。

わたしはその場にしゃがみ込んだ。心臓が激しく動悸《どうき》を打つ。苦しかった。どろどろとしたものが頭の中で渦巻いているような感じだった。

こんな疑惑を抱いたまま、平静でいることなんかできない。今なら抜け出しても、朝まで気づかれないだろう。

わたしはゆっくりと立ち上がった。

第八章

ドアを開けると白い毛玉が飛びついてきた。

びちゃ、と濡《ぬ》れ雑巾《ぞうきん》のような感触が足に当たった。わたしははあ、とため息をついて、その毛玉を抱き上げた。

「ハチ、あんたどうしたんだい？」

ハチは水滴が垂れるほどびしょ濡れだった。ところどころ泡までついているところを見ると、シャンプーの途中なのか。濡れた毛の間から真っ黒い目が見上げている。ハチは、わたしを見て、「ふん」と鼻を鳴らした。お愛想のように尻尾《しっぽ》を振る。

濡れた長毛種の犬というのは、どうも間が抜けている。いつもはふわふわしている毛がぺたんと肌に貼《は》り付いて、貧相なことこの上ない。

「すみません、小菊さん」

奥から腕まくりして、ジーンズの裾《すそ》もめくりあげた山本くんが出てきた。ハチを渡そうとすると、珍しくハチはぐるるるる、と唸《うな》った。山本くんにはいつもべたべたになついているのに、それほどシャンプーが嫌いなのだろうか。

山本くんはもう慣れているのか、ハチの威嚇《いかく》も全然気にせず、わたしの手から濡れたハチを受け取った。

「洗ってやっているのかい」

「そうです。こいつ、風呂《ふろ》嫌いなくせに、汚すのは大好きなものだから困りますよ。今日もお客さんくるのに、水たまりの中突っ込んじゃって……」

そう言いながら、バスルームに向かう。わたしも山本くんの後に続いた。

今日はこの事務所に、城山景太郎くんのお母さんがくることになっている。喫茶店などよりも、ゆっくりと話ができる場所ということで、こちらにきてもらうことになったのだ。

そうして、わたしも菊花師匠から立ち会うように言われて、事務所にやってきた。

山本くんは、まだ歯を剝《む》いて怒っているハチを片手で押さえつけて、上からシャワーをかけた。ハチはきゃん、と小さく鳴いた。

「小菊さん、離れていてください。濡れますよ」

そう言われて、あわてて後ろに下がった。シャワーが止まると、ハチはぶるぶるっと身体を震わせた。水滴が飛ぶ。

「今泉は？」

「車でお母さんを迎えに行っています。ここ、駅から離れているし、わかりにくいから」

山本くんはバスタオルでハチをくるんで抱き上げた。

「すみません。今、お茶淹《い》れますね」

「いいよいいよ。それより、ハチを乾かしてやった方がいいんじゃないかい」

「あ、はい。じゃ、そうさせてもらいます」

ハチを抱いて事務所の方に移動する。カーペットの上に直接座って、山本くんはブラシとドライヤーを手に取った。ハチはもうあきらめたのか、それとももう濡らされることはないとわかったのか、不機嫌ながらも山本くんの膝《ひざ》にもたれかかっている。

山本くんはドライヤーのスイッチを入れて、ハチを乾かしはじめた。

「山本くんは、今回、なんか調べているのかい?」

「いえ、なんか今回は先生はぼくに手伝わせたくないみたいで、ふつうに学校行っています」

その返事を聞いて驚いた。今泉がある種の事件のとき、山本くんに手伝わせたがらないことは知っていたが、山本くんはいつもそれに反発して、無理にでも関わろうとしていたように思う。

そう言うと、山本くんは白い歯を見せて笑った。

「先生がよけいに気を遣うのがわかるから、最近は先生の言うことを聞くことにしているんです」

その返事で、この青年は少しずつ成長しているのだ、と気づいた。もともと穏やかで、尖《とが》ったところのない子だったけど、それでも彼の行動には若さゆえの焦りとか、正義感みたいなものが見え隠れしていた。少しでも先に飛び出そうとしているように見えた。けれども今の彼は、一歩引いて、まわりを見ているように思える。

ハチの毛は、乾くにつれてふんわりとふくらんできた。さすがに洗いたてはいつもより器量よしだ。

「はい、終わり。ごくろうさん」

山本くんがドライヤーのスイッチを切ってそう言うと、ハチは合図のように尻尾をぱたぱたと振った。

ちょうど計ったようにドアが開いた。今泉と、そして後に続いて景太郎くんのお母さんが入ってきた。

室内に緊張した空気が走る。山本くんが、それを和らげるように明るい声を出した。

「あ、お帰りなさい。先生。今、お茶淹れますね」

「ああ、頼む」

わたしは城山さんに頭を下げた。彼女も黙って会釈をする。憔悴《しょうすい》した表情が痛々しい。まだ、悲しみを感じる段階にすら至っていないことは、彼女の表情でわかる。たぶん、彼女の中では「なぜ」ということばがぐるぐる回っているのだろう。

今泉は城山さんを、来客用のソファに案内した。いつもはお客さんに興味を示すハチも、なにか近づきづらいものを感じるのか、離れたところで様子を窺《うかが》っている。

「すみません、こんなところまできていただくことになって」

今泉のことばに、彼女は首を横に振った。

「いいんです。うちにいるとどうしていいのかわかりませんし……」

わたしは今泉の横に腰をかけた。彼女は下を向いたまま、話を続けた。

「夫の身内がきているんです。夫は景太郎を引き取りたがっていましたし、子役をやらせることも反対していましたから、今度のことではわたしにとても腹を立てていて……」

たしか、城山さんは去年離婚したと銀京が言っていた。子どもの死だけでもダメージを負っただろうに、そこに身内とのごたごたも絡んでくるのは、かなり精神的につらいことだろう。

「あまり、まわりにどう言われようと気になさらない方がいいと思います。今は、景太郎くんのことだけを悼んであげてください」

今泉がそう言うと、彼女は力無く微笑《ほほえ》んだ。

「お話をお伺いしていいですか?」

「どうぞ」

山本くんがキッチンからお茶を運んでくる。今泉はそう言ったものの、なにから訊《たず》ねていいのか迷っているような様子で、咳払《せきばら》いをした。

焦《じ》れったくなって、尋ねた。

「景太郎くんに薬を渡した人というのは、わからないんですか？」

「はい、そうみたいです」

「でも、子どもが薬を渡すことはないでしょうから、大人ですよね。お母さんの知らないところで、それほどたくさんの大人と接触していたことはないでしょう。見当だけでもつきませんか？」

彼女はあきらめるように首を振った。

「今回の舞台だけでなく、先月も歌舞伎《かぶき》座に出してもらっていましたし、ほかにも映画の子役のオーディションとか、子役養成所の演技レッスンにも通っています。わたしがずっとそばについているわけではありませんし……」

「景太郎くんは、ずいぶん売れっ子だったんですね」

今泉がやっと口を挟んだ。

「はい……。おかげさまでいろいろお声をかけていただいていました。使いやすいと言っていただいて。でも、今になってみると、それがよかったのかどうか」

子役の仕事をしていなければ、景太郎くんはこんなことにならなかったのだろうか。なにもわかっていない今、それさえも曖昧《あいまい》だ。

「学校はどうされていましたか？」

「一応、行けるかぎりは行っていました。やはり休みがちでしたけど、成績は結構よかったですし……。それにあの子、学校が嫌いで、舞台の方がいいと言うものですから、わたしもあまり気にしていませんでした」

「それは、いじめられていたとか、そういうことですか？」

城山さんは少し黙った。だが、その沈黙が雄弁になにかを物語る。

「はい。いじめにはあっていたようです。先生は、単なる遊びだ、おふざけだ、と言うのですが、やはり身体が小さいものですから、持っているものを取り上げられたり、暴力を振るわれたりしていたみたいです」

わたしは景太郎くんの顔を思い出していた。目が合うとにっこりと笑った少年。彼がそんな目に遭っていたなんて、考えもしなかった。

「前の夫は、体育会系といいますか、子どもは元気で明るくあればいい、という考え方でしたので、景太郎が学校に行きたがらないことに、とても腹を立てていました。いじめられるのは、おまえが暗いからだ、などと言ったりして……」

今泉が、不快そうに眉《まゆ》を寄せた。

「想像力の欠けている人間というのはどこにでもいますからね」

「でも、身体が小さいのは、景太郎くんが悪いんじゃないだろうに……」

子どもの頃は体格の違いが、大きな体力の差になる。小さな子が、大きな子に向かっていくのは大変だろう。

城山さんは苦しげに笑った。

「夫は、景太郎が小さいのも、わたしのせいだと言っていました。あの子、小さいときから喘息《ぜんそく》とアトピーがひどくて、それで食べられるものが少なかったんです。ひどいときは、お米や大豆も食べられなかったくらいで……。そのせいで発育が遅かったのはたしかです。夫は、甘やかすからいけないんだ、なんでも食べて運動していれば、そのうちに治ると言い張っていました。だから、わたしが食事制限をしたせいで、景太郎が大きくならなかったのだ、と腹を立てています」

「それが理由で離婚されたわけではないですよね？」

「ええ、それだけが理由ではありません。でも、万事につけてそんな感じの人でした。自分の意見だけが百パーセント正しくて、それに反対する人は全部間違っている。暴力を振るうわけではありませんでしたが、どうしようもなく暴力的な人でした。わたしのことも、暗い、友だちが少ない、と言っていつも莫迦《ばか》にしていました。そのくせ、わたしが女友だちと外出すると不機嫌になる、そういう人でした」

彼女ははっと気づいたように顔を上げた。

「すいません。変な昔語りなどしてしまって」

　今泉は柔らかく笑ってみせた。

「いいんですよ。それも景太郎くんのことを知る手がかりになります。では、景太郎くんとお父さんは、あまり仲がよくなかったのですか？」

「夫はいい父親のつもりでしたが、景太郎はやはり父が苦手だったようです。泳げないのに、無理矢理プールに放り込まれて溺《おぼ》れかけたこともあって、怖がっていたといってもいいと思います」

「それでも、お父さんはまだ景太郎くんを引き取りたがっていたのですか」

　彼女は深く頷《うなず》いた。

「自分のやり方で育てれば、景太郎も元気になるし、いつかは自分に感謝する。そう思っていたみたいです」

　城山さんは、自嘲《じちょう》するように笑った。

「最初は家から逃げ出すような気持ちで、景太郎を子役養成所に連れて行ったんです。そうしたら、考えていたよりもずっと周りの人が景太郎のことを誉めてくれて、それがきっかけであの子に子役をやらせるようになったんです」

　大人しいことも、身体が小さいことも、子役にはプラスに働く。城山さんは寂しげにつぶやいた。

「わたしはたぶん、認めてもらいたかったんだと思います。景太郎をちゃんと育てていることを……。けれども、わたしは景太郎のことを考えていなかったのかもしれない。あの子がなにが好きで、なにをしたがっていたのか、本当はなんにも理解していなかったのかもしれない……」

手の中のハンカチをくしゃくしゃに握りつぶしながら、城山さんは視線を落とした。気まずくなってわたしは今泉の方を見た。彼も困った顔でこちらを窺っている。

しばらく沈黙が続いた。

「城山さん、失礼なことをお訊《き》きしていいですか？」

今泉はおずおずと切り出した。彼女は不思議そうな顔で瞬《まばた》きをする。

「城山さんは、今、おつきあいされている男性はいらっしゃいますか？」

わたしは見た。そのとき、彼女の顔から、子どもの死を悼む母親の表情が消えたのを。表情が能面のように強《こわ》ばる。

「それは、景太郎のこととなにか関係があるのですか？」

「いえ、関係があるかどうかわかりませんが……」

「いません」

彼女はきっぱりと答えた。

「おつきあいしているような方はいません。そんな詮索《せんさく》をされるのは不愉快です」

だが、ことばで否定しても、その表情の変化と、質問をされてからの躊躇《ちゅうちょ》がなにかを物語っていた。それは今泉にも伝わっただろう。

今泉は申し訳なさそうに頭を下げた。

「失礼なことをお訊きしてすみませんでした」


どっと疲れが出たのか、今泉はソファにぐったりと沈み込んでいた。

今泉の「送ります」という申し出を、城山さんは用があるから、と断って、ひとりで帰っていった。

やっと緊迫感のある空気から解放されて安心したのか、ハチはのそのそと今泉の膝の上にのぼって、座り込んでいる。

わたしは今泉の隣に、どすんと腰を下ろした。

「ねえ、やっぱり城山さんの恋人というのが関係あるのかねえ」

縁なし眼鏡を外して、今泉は目を擦《こす》った。

「関係あるのかないのかはわからないが、あの様子では、たしかに気軽に公言できる仲ではなさそうだね」

奥からコーヒーを淹れなおして持ってきた山本くんが言う。

「城山さんの恋人が誰か調べるんですか?」

「悪趣味だけど、押さえておいた方がいいかもしれないな。その銀京くんという青年に訊くという手もあるけど」

わたしは、低く唸った。あまりあの男に借りは作りたくない。

なにか思いついたのか、今泉の眉が何度か動いた。

「小菊、景太郎くんのお通夜かお葬式に出た人を知っているか？」

「うちの兄弟子が出ているけど？」

「なら、電話して聞いてみてくれないか？　誰か役者か裏方で知っている顔を見なかったかって」

たしかに、城山さんとただならぬ関係にある人間なら、景太郎くんの葬儀に顔を出しているだろう。

「でも、歌舞伎関係者だとは限らないだろう」

「そうだな。でも、城山さんに恋人がいることを知っていたのも銀京くんという歌舞伎関係者だ。関係者である可能性の方が高いと思う。それに……」

「それに？」

「景太郎くんが死んだのも劇場の中だ」

わたしは息を呑《の》んだ。やはり関係者がなにか大きく関わっているのだろうか。

時計を見ると、ちょうどいいことに師匠はあまり忙しくない時間だった。わたしは受話器を取った。

　鈴音の携帯に電話をして、師匠と話をして、菊枝兄さんを呼んでもらう。菊枝兄さんの答えを聞いて、電話を切った。

「どうだった？」

「もちろん、何人かの歌舞伎関係者はきていたらしい。だいたいはお弟子さんや付き人が代理で香典を届けにきていたらしいんだけど、ひとりだけ付き人も連れずに、大物役者がきていたらしいよ。怪しくないかい」

　今泉はソファから身体を起こして、身を乗り出した。

「誰だ。それは？」

「市村月之助」

　稽古《けいこ》の前に月吉さんを捕まえることに成功した。

　稽古場のあるフロアのソファに、煙草と缶コーヒーを持って座っている月吉さんを見つけ、雑談を交わす。

　こんなことを聞くのは、悪趣味だとは思ったけど、ほかに方法はない。思い切って尋ねた。

「あの……このあいだ亡くなった景太郎くんって子役、ご存じですか？」

月吉さんはぎゅっと眉を寄せた。くわえていた煙草を灰皿でもみ消す。

「知っているよ。何度か、うちにもきたことがある」

わたしは息を呑んだ。月吉さんは師匠の月之助の内弟子のはずだ。その返事に力を得て、わたしは単刀直入に聞いた。

「噂《うわさ》を聞いたんですが、月之助さんと、景太郎くんのお母さんって、恋人同士なんですか？」

月吉さんの日に焼けた精悍《せいかん》な顔が、ちょっと困ったように崩れた。

「えらくストレートに訊くなあ」

「すみません……」

「どうなのかなあ」

彼は缶コーヒーを口元まで持っていって、そのますぐに下ろした。悩んでいるような仕草だった。

「若旦那《わかだんな》は結婚するつもりだったらしいんだが、大旦那の反対にあってね。それでもう立ち消えになったようなもんだったんだが……」

「別れたんですか？」

「ああ、でも、この先どうなるのかなあ」

妙にことばを濁す月吉さんを、不思議に思いながら見つめた。

「もしかしたら、また焼けぼっくいに火がつくかもな」

「どうしてですか？」

月吉さんは軽く唇の端を歪《ゆが》めた。

「大旦那の反対の理由が、連れ子がいる、ということだったからね。こんなことを言うのは嫌だが、もう反対される理由はなくなったということだ」

稽古中もわたしの動揺は収まらなかった。

月吉さんの言うことが本当だとしても、景太郎くんの死を望んでいた人がいたなどと短絡的に考えるつもりはない。

けれども、景太郎くんという存在が障害になっていたという話は、ひどくわたしを動揺させた。城山さんが恋人の話を訊かれて、顔を強ばらせた理由もわかった。

そうして、銀京がなぜ、わたしに城山さんの恋人の話をしたのかも。

たしかにそれは重要な情報だ。だが、わたしは銀京に無性に腹を立てていた。彼はまさか、城山さんか月之助さんが景太郎くんを殺したと考えているのだろうか。

稽古が終わると、わたしは銀京を呼び止めた。

「ちょっと話があるんだけど。このあといいかい？」

銀京はわざとらしいほど、何度も瞬《まばた》きをした。

「いいですよ。ぼくも小菊さんに少し相談したいことがあったんです」

なんとなくその口調が挑発的で、わたしは眉をひそめた。この男がわたしになにを相談するというのだろう。

わたしたちは、近所の深夜営業の喫茶店に移動した。

改めて正面から見てみると、たしかに銀京は瘦《や》せた。もともと体格のいい方ではなかったのに、今では簡単に折れてしまいそうだ。細い腕に筋肉と血管のラインが浮いていて、わたしは見てはならないものを見たような気分になる。

わたしは手を伸ばして、彼のその腕をつかんだ。

「あんた、これなんなんだい。きちんと食事しているのかい」

銀京は少し驚いたように目を見開いて、それから笑った。

「食べていますよ。でも、最近少し不規則な生活していたから……」

「役者にいちばん必要なのは体力だよ。上を目指すなら、もう少し気をつけたらどうなんだい」

乱暴に言って、手を離す。銀京は目を細めた。

「気にかけてくださってありがとうございます」

「気にかけてなんかいないよ。今、目に付いただけだ」

銀京はかすかに微笑した。注文したコーヒーが運ばれてくる。

わたしは尋ねた。

「相談ってなんなんだい？」

「小菊さんもぼくに話があるんでしょう。ぼくから先に話していいんですか？」

「いいよ。話しな」

銀京はカップを口に運ぶと、視線を窓の外にそらせた。

「ぼく、好きな女性がいるんですよ」

唐突に彼の口から出たことばにわたしは驚いた。

「彼女もぼくのことを好きでいてくれていると思うんですが、どうしてもうまくいかなくて」

まさか銀京から恋愛相談を受けるとは思わなかった。それともわたしはからかわれているのだろうか。

「どうしてわたしにそんなことを相談するのかい？」

「どうしてでしょうね。でも、なんとなく小菊さんなら人を見る目がありそうだから、いいアドバイスをくれるような気がして」

わたしは眉間《みけん》に皺《しわ》を寄せた。この男は、わたしが彼のことを嫌いだ、と言ったことを忘れたのか。それともだからこそ、嫌みのようにそう言っているのだろうか。

「悪いけど、わたしは恋愛のエキスパートでもなんでもないよ。そういうことは、もっと色男に訊《き》きな」

「駄目ですか?」

悪戯《いたずら》っぽい笑みで莫迦にされているようで、わたしの眉間の皺はより深くなる。

「駄目だよ」

「じゃあ、ひとつだけ訊いていいですか。愛情って、人の心を繋《つな》ぐ楔《くさび》なんでしょうかね」

わたしは驚いて、彼の顔をまじまじと見た。悪戯っぽい笑顔は相変わらずだが、目だけが笑っていなかった。

「意味がわからないね」

「そうでしょうか。ことばの通りの意味ですよ。愛情は人を縛り付けるためにあるんでしょうか」

わたしはしばらく考え込んだ。

「こういうことかい。あんたの彼女はあんたを束縛しようとしていて、あんたは彼女のことは好きだが束縛されたくない」

彼は目を細めた。

「だいたいそんな感じですよ。微妙に違うところもありますが」

「じゃあ、その通り彼女に言いな。それがいちばんの解決だよ」

彼の顔から笑顔が消えた。少し考え込んでから、また笑う。

「そうですね。話を聞いてくれるようになったらそう言うことにします」

「話も聞いてくれないほど、怒らせたのかい。まったく……」

彼は柔らかそうな前髪をかき上げて、ソファにもたれた。

「小菊さんの話ってなんですか？」

わたしはすっかり自分が毒気を抜かれていることに気づいた。もしかすると、この男の方が上手なのかもしれない。

「城山さんの恋人のことだけどね」

銀京は真剣な表情になった。身を乗り出す。

「わかりましたか？」

「月之助さんだろう」

「やっぱりそうですか」

わたしは背筋を伸ばして彼の目を見つめた。

「どうしてわたしにその話をしたんだい」

「あの子の死に関係があるかもしれないと思ったからです。関係がないのなら、その方がいいですけれどね」

返ってきた返事はごくシンプルで、わたしはどう言えばいいのかわからなくなる。

「別に月之助さんとか、城山さんのことを疑っているわけではないんだね」

「疑うもなにも、殺人かどうかもわからないんでしょう」

わたしはもしかするとこの男に手玉に取られているのかもしれない。これ以上問いつめてもはぐらかされるだけのような気がした。

「小菊さん、ぼくにその探偵さんを紹介してくれませんか？」

また唐突に話が変わる。わたしは半ば投げやりに訊ねた。

「なんか調べてほしいことがあるのかい。その彼女のこと？」

彼は前髪の間から、まっすぐにわたしを見つめた。

「いいえ、違います。ぼくの親友のことです」


次の日、自分の出番や仕事を終えてから、わたしは今泉の事務所に向かった。

鍵《かぎ》の開いたドアを開けて中にはいると、今泉と山本くんが頭をつきあわせて、なにか相談をしていた。

「あ、小菊、きたのか？」

顔を上げた今泉がわたしに気づいた。

「銀京はもう帰ったのかい？」

「ああ、さっきね」

昨日、わたしは銀京に今泉の連絡先を教えた。彼はその場で連絡を取って、今泉と会う約束をしていた。いったい、彼はなにを探そうとしているのだろうか。

「依頼内容はいったいなんだったんだい」

「悪いけど、依頼人のプライバシーに関することは答えられない」

今泉はしれっとして答えた。たしかにそうだろうが、どうもじれったい。

「それでも、ブンちゃんは今、うちの師匠に雇われていることになっているじゃないか。それでも、銀京の依頼を受けるのかい」

「ああ、そっちは山本くんにやってもらう」

山本くんは、「大丈夫だ」と言うように、にっこりと笑って見せた。

ふと、目の前の電話が鳴った。今泉が受話器を取る。

「はい、今泉探偵事務所です」

のんきな声でそう言った後、今泉の表情が強ばった。

わたしと山本くんは顔を見合わせた。

「はい、その節はお世話になりました。いえ、そういうことはお答えできません……」

今泉は険しい表情のまま、電話の相手と話をしていた。

押し問答のようなやりとりのあと、今泉は電話を切った。

「どうしたんだい？」

「中村銀弥がここにやってくる」

「え……？」

中村銀弥。美貌《びぼう》と実力を兼ね備えた若手女形役者で中村銀京の師匠。彼がいったいなんの用があってここにやってくるというのだろう。

以前、今泉が解決した事件に、中村銀弥は深く関わっていた。だから、今泉のことは知っているし、事務所の場所もわかっているだろう。

「銀京のことかい？」

「ああ、どうやらそうらしい」

銀弥の家は弟子も多いというのに、若手の名題下《なだいした》のために銀弥自らが出てくるとは……。

そう考えて、わたしはこの間の稽古風景を思い出した。

銀弥の銀京を見る鋭い目、執拗《しつよう》なほどの叱責《しっせき》と、体当たりをするような指導。たぶん、銀弥にとって銀京はただの弟子ではない。

十分ほどして、ドアホンが鳴った。

「どうぞ」

今泉の返事でドアが開く。そこにはスーツに身を包んだ中村銀弥が立っていた。

「お邪魔いたします。お仕事中申し訳ありません」

ものの柔らかに微笑みながら、彼は頭を下げた。

わたしは息を呑んだ。舞台を離れ、私服になってもこの男には華がある。なにも言わなくても、あたりを威圧するような空気がある。それは梨園《りえん》に生まれ、子どもの頃から主役を演じるべく英才教育を施されてきたものだけが持つ輝きなのだろうか。

今泉の顔もひどく緊張している。銀弥は今泉の前に進み出た。

「今泉さん、先ほどお願いしたことなんですが……」

「申し訳ありません。それは勘弁してください」

今泉は冷たい声で、銀弥のことばを遮った。

「無理なお願いをしていることは承知しています。けれども、どうしても銀京の依頼からは手を引いていただきたいのです」

わたしは驚いて、銀弥の顔を見た。彼の表情は真剣そのものだった。

銀京はいったいなにを依頼したのだろうか。親友のことだと言っていたのに、なぜ、銀弥がそれを阻みにくるのだろうか。

「申し訳ありません。けれども、一度引き受けた依頼を、よそから頼まれたからと言って断るわけにはいきません。探偵としての信頼問題に関わりますから」

銀弥はふう、とため息をついた。

「困りましたね。わたしはなにも自分に不都合があるから、そんなお願いをしているのではないのです。銀京のことが心配だから、こうやってわざわざこちらにきてまでお願いしているのです。それをくみ取ってはいただけないでしょうか」

「銀京さんの依頼は、彼にとって知らない方がいいことだと？」

今泉の質問に、銀弥は頷いた。

「知らない方がいいというよりも、関わらない方がいいことなのです。まあ、あいつはもう充分関わってしまいましたが、今ならまだ間に合うかもしれない」

「なら、それを直接銀京さんに言えばいいのではないですか？」

今泉は冷たく突っぱねた。銀弥は苦笑するように口元をほころばせた。そんな顔さえあでやかだと思ってしまうのは、わたしが彼の女形姿を見慣れているせいなのか。

「言いましたよ。けれども聞きゃあしない。まあ、あの鼻っ柱の強いところがあの男のいいところなんですけどね」

銀弥は、低い声で話を続けた。どちらかというと小さい声なのに、彼の声はよく響く。

「ねえ、今泉さん。本当の才能は貴重なものなんです。それがつまらない横やりで押さえつけられるのは、わたしには我慢できないんです」

思わずわたしは話に割り込んだ。

「銀弥さんは、銀京さんを芸養子かなにかにするつもりなんですか？」

すぐに不躾《ぶしつけ》な質問だと気づいた。けれども銀弥は気を悪くした様子はなかった。

「そういうことも考えていないわけではありません。けれども、銀京には言わないでやってください。慢心は芸の妨げですから」

「わかりました。絶対に言いません」

銀弥は婉然《えんぜん》と微笑んだ。今泉が急に立ち上がった。

「ねえ、銀弥さん。あなたは本当の才能は貴重なものだと言いましたね。けれども、まわりの重圧や横やりを上手《うま》くかわしたり、はねのけたりすることも才能のうちではないのですか？　実力は、それを発揮できてこその実力ではないのでしょうか」

銀弥はしばらく黙っていた。やがてにっこりと微笑む。

「駄目になるようなら、もともと銀京はその程度の役者だったと？」

「いえ、わたしには芝居のことはわかりませんが」

「わかりました。でもこれだけはお願いさせてください。もし、あなたが真実に辿《たど》り着いたときに、これは隠されておくべきだ、と考えたならば、銀京には黙っていてほしいのです」

今泉は少し躊躇《ちゅうちょ》してから頷いた。

「わたしはあまり自分の意志を介入させることは好みません。けれども、あなたがそう望むのなら、そう約束します」

「ありがとうございます。感謝します」

　ぴんと張りつめた空気の中、銀弥はゆっくりと頭を下げた。そうして、呆《あき》れたような仕草で軽く肩をすくめた。

「まったく、あの子には手を焼かせられます」

「それでも気に入っておられる？」

「そうですね」

　銀弥は何度か瞬《まばた》きしてから、言った。

「この世界に新しい風を呼び込んでくれるかもしれない、と思っています。師匠の欲目もあると思いますけどね」

　わたしは少し眩《まぶ》しいような気持ちで中村銀弥を見た。彼にはわたしに見えないものが見えているのだろう。

　中村銀弥はわたしに向かって微笑みかけた。

「小菊さん、今度の公演では、銀京のことをよろしく頼みます」

　わたしはあえてなにも言わずに頷いた。

第九章

震える手で電話番号を押した。

わたしはなにを求めてこんなことをしているのだろう。一瞬そう思ったけど、考えるのをやめる。考えはじめてしまえば、わたしは一歩も先へは進めない。

鳩尾《みぞおち》がきゅっと痛むけれど、受話器を耳に当てる。

「はい」

聞こえた声は、間違いなく銀京さんのものだった。

「銀京さん？　わたし……」

「笙子さん」

彼の声がわたしを呼ぶ。電話越しの声はどこか粒子が粗くて、もどかしい。なにかがこみ上げてくるようで、わたしはことばに詰まった。やっと言う。

「こんな時間にごめんなさい」

「あれから、どうなったんですか？」

「陽平兄さんの家に連れて行かれて……、家を出るなと言われたけど、出てきちゃった」

外に出てタクシーをつかまえた。携帯を取り上げられていたから、銀京さんの電話番号がわからなくて、一度自分の部屋に帰った。部屋にいると、もしわたしがいないことに誰かが気づいたとき、見つかってしまうと思い、すぐに部屋を出た。

そうして今、わたしは外から銀京さんに電話をかけている。

「今、どこにいるんですか？　部屋？」

「ううん。部屋にいると、すぐに捕まっちゃうから、今うちの近くの公衆電話からかけてる。なんか最近公衆電話って少ないのね。みんな携帯持っているからかな」

わたしはなにを喋《しゃべ》っているのだろう。口元が笑ったまま、勝手に意味のないことばを紡ぎ出す。彼が急にことばを遮った。

「笙子さん、うちにきますか？」

そう訊《き》かれて、わたしは躊躇《ちゅうちょ》する。

「行ってもいいの？」

「こんな深夜に外にいるなんて危ないですから。タクシーつかまえられますか？」

そう言って銀京さんは家の場所を教えてくれた。書きとめながら不安になる。もしかして彼は呆《あき》れていないだろうか。

わたしは小さな声で、ごめんなさい、と言った。

「どうして謝るんですか？」

電話の向こうの声は優しいけれども、わたしはどうしようもなく情けない気持ちになる。

「じゃ、これから行くから……」

そう言ってわたしは電話を切った。

幸いタクシーはすぐつかまった。教えられた地名を言って、わたしはシートに沈み込んだ。

銀京さんと会って、わたしはなにを話せばいいのだろう。ガラスにもたれて苦笑する。

さっきからわたしは迷ってばかりだ。

時間のせいか、車はすいすいと進んでいく。目印に、と聞いていたコンビニの前で立つ銀京さんを見たとき、わたしはなんともいえない複雑な気持ちになった。

安堵《あんど》のような柔らかい感情と、逃げ出したくなるような息苦しさ。

タクシーを降りると、彼は駆け寄ってきた。

「すぐ、わかりましたか？」

頷《うなず》く。彼の髪が、濡《ぬ》れて、ぺたんと肌に貼《は》り付いていることに気づいた。

「ごめんなさい。もしかして、お風呂《ふろ》入ってた？　風邪引かないですか？」

彼は目を細めて笑った。

「大丈夫ですよ。こんな暑い時期に。かえって気持ちいいくらいです」

くたびれて、少し襟ぐりの伸びたシャツを見て、彼の日常に侵入してしまった気分になる。

角を曲がって、駐車場の横からマンションに入る。エレベーターに乗っても、わたしはなにも言えなかった。

「すごい散らかっているけど、上がってください」

キッチンのついた小さな部屋。けれども、彼が言うほど散らかっているわけではない。散らかるほど、物がないといった感じだ。

わたしは部屋の隅に小さくなって座った。お茶を用意するつもりなのか、彼はキッチンに立つ。

「そういえば、あれから思ったんですが、笙子さん、本当のお母さんにはよく会うんですか？」

「え……？」

唐突な質問に戸惑う。銀京さんはコーヒーカップを両手に持って、キッチンから出てきた。わたしの目の前にひとつ置く。

「笙子さんは、幾つの時に鍋島屋《なべしま》さんに引き取られたんですか？」

「七歳……そう聞いているわ」

「じゃあ、それまで育ててくれたお母さんとはたまに会うんですか？」

「引き取られてから会ったことないわ」

「そうなんですか？」

記憶の中の母は華やかな人だったけれど、不思議なことにわたしは少しもその人を懐かしい、会いたいとは思わなかった。

顔は覚えているし、母の行動のいくつかははっきりと思い出せるけれども、そこにはなんの感傷も伴わない。血の繋《つな》がっていないはずの鍋島屋の母の方が、わたしの中には何倍も鮮やかに焼き付けられている。

「そうですか……。その方に聞けば昔のことも少しわかるかと思ったんですが……」

カップを口に運びながら、そう話し続ける銀京さんを、わたしは呆然《ぼうぜん》と見つめた。

どうして、会ったとたんにそんな話ができるのだろう。わたしに言い訳することも、わたしの気持ちを確かめることもせずに。

わたしは目を伏せた。少し毛羽立ったカーペットが目に入る。

彼にとって、重要なのはわたしではなく、兄のことだけなのかもしれない。わたしと関係を持ったことにも、大した意味はなかったのかもしれない。

「どうして……？」

「え？」

わたしの問いかけに、彼は驚いたように顔を上げた。

「どうして、なにも弁解しないんですか？　わたしが陽平兄さんにどんなことを言われてきたのか、想像がついているんでしょう」

彼の表情が硬くなる。目元から柔らかさが消えると、彼はこんな顔になるのだ、とはじめて知った。笑ってはいなくとも、彼の目はいつも優しげだったから。

ふう、と息をついて、彼は口を開いた。

「たぶん、ぼくがあなたの家の入り婿の座を狙《ねら》っているとか、そんな話でしょうね」

わたしは頷いた。入り婿とは誰も言わなかったが、だいたいのところは同じだ。

「そんなつもりはありません。わたしが笙子さんに招待状を送ったのは、音也くんのことについて話がしたかったからです」

違う、そんな返事が聞きたいんじゃない。わたしは膝《ひざ》の上の手をきつく握りしめた。

わたしたちはそんな事務的な関係ではなかったはずだ。

聞かせてほしい。わたしが父の娘でなかったとしても、わたしのことを好きになってくれたかどうか。

彼は柱に身体を凭《もた》せかけた。視線を宙に泳がせる。わたしは思い切って言った。たぶん、わたしが言わないと彼は答えてくれないだろう。

「わたしが歌舞伎《かぶき》役者の娘だから、わたしのことを好きになったの？」

そうして、心の中でも問いかける。本当はわたしのことなど、好きでもなんでもなかったんじゃないの？

彼はきゅっと眉間《みけん》に皺《しわ》を寄せた。

「あなたは歌舞伎役者の娘です。それはぼくにとって重要なことだったかもしれない。けれども、歌舞伎役者の娘であれば誰でもいいと思ったわけでもなく、もともと下心を抱いて、あなたに近づいたつもりもありません」

わたしは少し笑った。この人は正直だ。そう、陽平兄さんと同じように。

「歌舞伎役者の娘であることは、あなたの一部分だ。それを含めてあなたを好きになった。それはいけないことでしょうか」

「そうね……。そんなことで罰せられる人はいないものね」

それが罪ならば、お見合いで相手を決める人も、結婚相手の条件に収入をあげる人も罰せられるだろう。

けれどもわたしはそんなふうに愛されたくなどなかった。

銀京さんはすっと身を乗り出した。わたしの横の壁に手をつく。

「笙子さん、今のあなたは、ぼくの母と同じ目をしている」

わたしは息を呑《の》んで、彼を見上げた。

「ぼくはあなたのことが好きです。けれどもそれは、あなたが言う好き、とは違うものなのかもしれない」

わたしは思い出していた。最初からこの人はどこか遠くて、なにを考えているのかわからなくて、そう、それでもとても魅力的だった。

彼は静かな口調で言った。

「ぼくは最後まで母のことを理解できなかった。母が見せる愛情が不快だった」

大磯で彼は言っていた。母親を捨てたのだと。

「ぼくはもしかしたら、とても冷酷なのかもしれない」

わたしは頷いた。泣きたいのか、笑いたいのかわからない。

「そうね。そうかもしれない」


わたしはどんな答えを聞きたかったのだろう。どう考えても思い浮かばない。

たとえば、優しく抱きしめられて、

「そんなことは関係ない。あなたが歌舞伎役者の娘でなくても、ぼくはあなたのことが好きです」

などと言われたいと思っていたのだろうか。けれども、考えただけで、その答えには嘘《うそ》の香りがして息が苦しくなる。彼だってそう感じたのだろう。

たとえどんな答えが返ってきても、わたしたちの間にはもうどうしようもない亀裂《きれつ》が走っていて、それはどう動いたとしても、深くなっていくしかないのかもしれない。

彼とわたしの間にはぽっかりと暗い穴が開いているようだった。

彼は止めようとしたけど、わたしは彼の部屋を出た。

自分がなにか決定的に、関係を壊してしまうことばを口走ってしまうようで怖かったし、空気の重苦しさに耐えられそうもなかった。

時間はもう明け方近い。時計を確かめて、わたしは苦笑した。

いったいなにをしているのだろう。こんな時間まで寝ずにあちこち駆け回って。

身体はぐったりと疲れ切っているのに、精神だけが異様に高揚しているようだった。

今夜、三度目のタクシーでわたしは自分の部屋に戻った。足早に階段を駆けあがる。部屋の前に人影を発見して、わたしは立ちすくんだ。

ドアの前にまっすぐ立っているのは月吉さんだった。

「笙子さん……」

月吉さんは困ったような顔で、わたしの名を呼んだ。抜け出したわたしを責めることもできるのに、まるで自分がここにきたことを申し訳なく思っているような表情だった。

「よかった。ご無事で」

「自殺でもすると思った？」

自分でも驚くくらいの明るい声でわたしはそう言って笑った。月吉さんの表情はよけいに曇る。

「若旦那《わかだんな》が心配しておられます。一緒に来ていただけませんか？」

鍵《かぎ》をまわしかけた手を止めて、わたしは唇を引き結んだ。

この人の頼み方は、いつも苦しげでわたしはそれに逆らえない。むしろ、腕をつかんで引きずっていってくれれば、泣いて抵抗できるのに。

黙ったままのわたしに、彼は言った。

「すみません……」

笑ってしまう。この人はわたしに少し似ている。

「わかったわ。タクシー？」

「いえ、車できています」

わたしは鍵を引き抜くと、彼に続いた。マンションのそばに停まっているのは、陽平兄さんの車だった。一瞬緊張したけれど、車の中には人影はなかった。

促されて助手席に座った。月吉さんが車を出す。

「銀京に会いましたか？」

そう尋ねられて、わたしはため息をつく。

「答えなきゃだめ？」

「いえ……」

月吉さんはまた、口の中ですみません、と謝った。わたしは苦笑する。

「会ってきたわ。でも、別に大した話はしなかった。月吉さんの言っていた通りね。あの人、わたしもよくわかんない」

「そうですか……」

シートにもたれて、明るくなりはじめた路上を眺める。

今、わたしはどこにいるんだろう。わたしは唐突にそう思った。

わたしと繋がっているのは誰で、わたしの話を聞いてくれるのは誰なのだろう。

銀京さんとの関係が終わったというだけではなく、わたしのまわりの地面が少しずつ崩れていくような気がして、わたしは怖くなる。

わたしのまわりには誰もいないのではないだろうか。

小さな頃から、わたしのまわりには大きな壁があった。その壁の向こうには母や父や、その他の人たちがいた。

向こうから声がするのだから、どこかに扉があって、その扉はいつか開くのだと思っていた。けれども、必死に押しても、叩《たた》いても、揺さぶっても、その扉は開かなかった。

そこにあるのは、扉ではなくて、ただの壁なのだ、と気づいたのはいつだっただろう。

そうして、間違いなく扉だと思っていた陽平兄さんに面した扉も、ただの壁だった。そうして、銀京さんも。

どうして同じことを繰り返してしまうのだろう。もう嫌というほどわかっていたはずなのに。

疲労感がつま先からじわじわ広がっていく。もうなにも考えたくはない。

月吉さんはその後、なにも喋《しゃべ》らずにずっと運転に集中していた。

陽平兄さんの家に着いたときには、あたりはすっかり明るくなっていた。

陽平兄さんは玄関脇《わき》の和室に座っていた。眠っていないのか、顔が青白くて、わたしは少しだけ申し訳ないような気分になる。

「笙子ちゃん、よかった。無事だったのか」

飛び出したことを責められるかと思ったのに、陽平兄さんはそう言っただけだった。わたしは胸苦しくなって目をそらす。

陽平兄さんは、少し躊躇《ちゅうちょ》してから口を開いた。

「銀京のところに行っていたのか？」

わたしはため息をついて、早口で答える。

「そう。でも、安心して。たぶん、もう彼とは別れるわ」

たとえ、わたしが歌舞伎役者の娘であっても、父や従兄《いとこ》の陽平兄さんから、これほどまでに反対されれば、わたしとつき合うメリットはないだろう。さっさと別の女性を捜した方が彼のためにもいい。

「そうか……」

陽平兄さんは明らかに安堵したような表情になる。わたしはことばを続けた。

「けれども、音也兄さんのことはこの先も調べるかもしれない。わたし、まだ納得していないし」

「笙子ちゃん、何度言ったらわかるんだ」

わたしは挑みかかるように兄さんを見た。

「兄さんの言っていることが正しいのかもしれない。でも、それならわたしに好きなように調べさせてくれてもいいでしょう。わたしが納得すれば、それでやめるわ」

「笙子ちゃん……」

苦渋に満ちた兄さんの顔がなにかを物語る。そう、わたしに調べさせるわけにはいかないのだ。そこには隠蔽《いんぺい》された事実があるから。

わたしは兄さんに向かって心で話しかける。もう楽になってしまったら？　いつまでも隠し続ける意味はないでしょう。

わたしは笑った。

「ねえ、陽平兄さん。音也兄さんはわたしが殺したんでしょう」

「違う！」

陽平兄さんがわたしの肩をつかんだ。大きな温かい手。

「そんな莫迦《ばか》な考えを持つことはやめてくれ。音也くんは病気で死んだんだ」

じゃあどうして、銀京さんは、彼が死んだとされている日の後に、兄に会っているの？

じゃあどうして、わたしは兄さんを殺す夢を何度も見るの？

どうして父は、わたしのことを愛せないと言ったの？

「笙子ちゃん」

肩を強く揺さぶられる。陽平兄さんが泣き出しそうな顔をしてわたしを見ていた。

「わかった。本当のことを話そう」

わたしは驚いて兄さんを見上げた。

「笙子ちゃんがそんなふうに思いこんでしまったのなら、仕方がない。きみが音也くんを殺したなんてことはない」

兄さんは、一瞬黙って、それからまた口を開いた。

「音也くんは死んだんじゃない。消えてしまったんだ」


そうしてわたしは真実を知った。それはわたしの考えていたこととはまるで違って、でも、聞いた瞬間すべてが腑《ふ》に落ちた。忘れたり、気にもとめなかったいろんなことが、すべてひとつにまとまって、わたしは間違いなくそれが嘘ではないことを知った。

父がわたしを愛してくれなかったことも。

わたしが兄のことを覚えていたことも。

母と父の仲が壊れていったことも。

狂った母がわたしのことを兄の名で呼んだことも。

すべてがあっという間に繋がって、ひとつになる。

けれどもその結末はわたしが考えていたよりも悪かった。

これ以上は悪くならないと信じていたのに、それよりも。


殺されたのは、わたしだった。


そのあとのわたしの記憶は、鮮明になったり、ぶれて二重写しになったり、なにも残らなかったり、そんな感じだった。

一応、起きたり、食事したり、眠ったりはしていたけれど、それ以外のことはなにもかもまるでわたしの上を水みたいに流れていって、色も匂《にお》いも残さなかった。

ときどきいろんなことを思い出したけれど、それも一瞬で消えていった。なにか大事なこととか、大好きだったこととかの、切れっ端を感じたことはあっても、手を伸ばしてつかもうとすると、それは全部わたしの手からすり抜ける。

わたしはばらばらばらになる。

ばらばらになったわたしを、わたしは遠くから見つめていて、ああ、拾い集めなくちゃとはたまに思うのだけれど、結局それも一瞬で、あとはなにもかも曖昧《あいまい》になる。


生まれる前に戻りたい、と思った。


その記憶のはじまりは、畳に差し込んだ太陽の光だった。

障子の隙間《すきま》から、明確な形を持って差し込まれた日の光。わたしはぼんやりとそれを眺めていた。

自然と小さな頃に歌わされた、歌が口をついて出た。

歌、なのだろうか。高い一本調子の不思議な音階。

「こちの裏のちさの木に、ちさの木に」

「雀が三匹とまって、とまって」

「一羽の雀の言うことにゃ、言うことにゃ」

ふと、障子の隙間から小さな男の子が顔を覗《のぞ》かせていることに気づいた。

誰かによく似ている、と思って、わたしは笑いかけた。

男の子は、少し戸惑ってから、それでも笑った。おずおずと部屋に入ってくる。

「その歌、知ってる」

男の子はそう言った。こないだ稽古《けいこ》した、と。「伽羅先代萩《めいぼくせんだいはぎ》」の中で子役が歌う歌だ。

「なにしてるの？」

少年は大きな目を見開いてわたしに話しかけた。わたしは答える。

「なにもしてない」

「なにもしなくてもいいの？」

少年は不思議そうな顔でわたしの顔を覗き込む。

「なにもしなくても怒られない？」

わたしは頷いた。

「怒られないよ。きみは怒られるの？」

「怒られるよ。ぼんやりするなって怒られる。ぼんやりしていちゃいけないんだよ」

少年のことばにわたしは笑った。

「いいんだよ」

――だってわたしはいらないんだから――

少年の目がまんまるになった。驚いた顔。

「いらないって言われたの。おまえなんかいらないって。だからぼんやりしていてだいじょうぶなんだよ」

少年はしばらく黙っていた。

「ぼくもいらないって言われるかもしれない。そうしたら、ぼく、父さんのところに行くのかな。父さんのところには行きたくないな」

少年がまたなにかを言っていたけど、わたしはまたばらばらになっていって、自分がどことどこに存在するのかもわからなくなっていく。

日差しは畳の上で、四角く切り取られていた。

第十章

数日間、今泉は顔を出さなかった。

気になって、何度か電話をしてみたのだが、ずっと留守番電話になっている。わざわざメッセージを残すほどの用はないのだが、どうも気になる。

痺《しび》れをきらしたわたしは、その日の仕事が終わると、今泉の事務所に向かった。

留守かもしれない、と思いながらドアホンを鳴らす。すぐにドアが開いて、山本くんが顔を出した。

「あ、小菊さん」

いつもは屈託のない笑顔を見せる山本くんが、今日は少し微妙な顔をした。

「ブンちゃん、いる？」

「いますけど……」

山本くんは少しことばを濁しながら、通してくれた。中央のソファに座っていた今泉も、わたしを見て眉《まゆ》を寄せた。どうやら歓迎されていないらしい。

「どうしたんだ、小菊」

「どうしたもこうしたもないよ。あれからどうなったのか聞きにきちゃいけないのかい？普通はもっとまめに報告を入れるもんだろう」

「悪かった。今夜連絡しようと思っていたんだ。明日以降、菊花師匠に時間をとってもらえるようにお願いできないかな」

わたしは今泉のそばに駆け寄った。

「なにかわかったのかい？」

「まあ、少しはね。そのときに話すよ」

少しでも話を聞きたかったのだが、やんわりと先回りされてしまった。なんだか妙な雰囲気だ。

「ちょいと。わたしがいると迷惑なのかい？」

にらみつけると、今泉はあわてたように弁解する。

「いや、そういうわけじゃないんだが、もうすぐ来客があるから……」

なるほど、そういうわけか。では、あまり長居するわけにはいかないだろう。

ちょうどそのとき、ドアホンが鳴った。今泉と山本くんが顔を見合わせる。

ドアが開いて、入ってきたのは銀京だった。わたしを見て、あ、という顔になる。

来客というのは銀京だったのか。これでわたしが歓迎されなかった理由がわかった。わたしは上着を持って立ちあがった。

「じゃあ、わたしはこれで失礼するよ」

「ああ、菊花師匠の件は頼んだ」

「わかったよ」

横をすり抜けて玄関に行こうとしたとき、銀京が言った。

「待ってください、小菊さん。一緒に話を聞いてもらえませんか」

驚いて振り返る。

「どうしてわたしが？」

銀京は額にかかった前髪を、軽く払った。

「他の人の意見が聞きたいんです。最近、自分の判断に自信がなくて……」

「らしくないね」

わざと冷たく言ったつもりなのだが、彼はかまわず話し続ける。

「それに……少し怖いんです」

わたしは眉を寄せた。この男がそんなことを言うとは思わなかった。

わたしは今泉の方を向いた。

「ブンちゃん、いいかい？」

「銀京さんがいいのなら」

シンプルな答えが返ってきて、わたしと銀京は、今泉の前のソファに腰を下ろした。

「いったい、どういう話だったのか、聞いてもいいかい？」

今泉と銀京が視線を合わせた。銀京が口を開く。

「市村朔二郎さんの亡くなった息子さんの話はご存じですか？」

その噂《うわさ》は少しだけ聞いたことがある。たしか、十歳くらいで亡くなった男の子がいたという噂。

銀京はゆっくりと話した。その息子——音也くんと、仲がよかったこと。彼の死に不審を抱いているということ。

銀京の声は低いのによく通り、聞き取りやすい。わたしは顎《あご》に手を当てて銀京の話を聞いた。

中村銀弥が、銀京に関わってほしくないと言っていたのは、このことだったのか。

「あんたの勘違いってだけじゃないのかい」

わたしの挑発的な物言いに、銀京は苦笑した。

「そうですね。少し前まではもしかしたらそうかもしれない、と思っていました。でも、今はなにかあったはずだと信じています」

「説明はそんなところでいいですか？」

今泉が少し焦《じ》れたようにそう言った。わたしは頷《うなず》いた。銀京が身を乗り出す。

「本当はいったいどうだったんですか」

「銀京さん、あなたはどう思っているんですか？」

今泉に問い返されて、銀京の目が丸くなる。

「ぼくが？」

「そうです。まったくなんの見当もついていない、というわけではないのでしょう。根拠がなくてもいい。あなたはいったい実際はどんなことがあったのだと想像していますか？」

そんなことを聞いて、なにになるのだろう。銀京の表情も不審そうに曇る。

「ぼくは……音也くんは死んでいないのではないかと思っています。わけあって、死んだということにされているけど、本当はどこかで生きているのだと。本当になんの根拠もありませんが」

彼は一度息をついた。

「いや、ただ、そうあってほしいと願っているのかもしれない。でないと、音也くんを殺したと思って苦しんでいる人が、あまりにかわいそうだ」

「笙子さんのことですね」

今泉が言った名前に、銀京はあからさまなほど反応した。

笙子というのは市村朔二郎さんの娘の名前ではなかっただろうか。

今泉は背筋を伸ばした。

「銀京さん、あなたの考えは間違っていません。けれども、笙子さんの思っていたことも間違いではないのです。音也くんは、死んでいて、そうして生きている」

銀京が眉をひそめた。今泉のことばを待つように口をつぐむ。

「笙子さんと音也くんは、同一人物です」


わたしはぽかん、と口を開けた。けれども音也というのは男の子ではなかったのか。

「どっちの名前で語りましょうか。便宜上、音也くんとしましょう。ぼくが依頼されたのは音也くんの消息でしたから。彼は、生まれたとき『性未分化症』だったそうです。基本的に性未分化症の子どもも、男か女かどちらかとして届けを出します。だいたい、どちらかに身体は傾いていることが多いですから、どちらかの傾いた方へ。けれども、朔二郎さんは歌舞伎《かぶき》役者だ。できれば、男として届けを出したい、そう思うのも無理はないでしょう」

今泉は煙草を取り出した。吸っていいかどうか目で尋ねる。銀京さんは顔を強《こわ》ばらせたまま頷いた。

「よく考えてみると、不思議なんですが、この社会というのは中性を許さないのです。そういうふうに生まれてきたとしても、必ず男か女かに所属しなければならない。ある程度大きくなったところで、性未分化症の子どもは、手術を受けることがほとんどです。そうして、性の分化は成長によって大きく分かれていきます。赤ん坊の時、男の子とされた子どもが、ある程度成長すると女性の徴候を強く持つようになるということも、少なくない」

「音也くんはそうだったんですね」

今泉は黙って頷く。

「けれども、その時点で音也くんは初舞台もすませていた。普通の子どもなら、まわりにいる人が理解してくれれば乗り越えられる変化も、有名人の息子、しかも小さな頃から後継者として注目を浴びる歌舞伎役者の息子ならば、好奇の目にさらされることも少なくはないでしょう。スキャンダルを追い求める人たちは、いくらでもいる。朔二郎さんは、その好奇の目を恐れた。だから、一度音也くんを死んだものとしたのです」

わたしは知っている。この社会が性差の境界線にいる人々に、どれほど嘲笑《ちょうしょう》を向けるかということを。

今泉は話し続ける。

「お弟子さんなど近しい人は口止めすればいい。だが、そこまで親しくはないけれども、音也くんの顔を知っている人には、音也くんのことを忘れてもらう時間が必要だった。しばらくの間、笙子さんは、お弟子さんの生家に預けられていたそうです。そうして、まわりの人の記憶が薄れた頃に、鍋島《なべしま》屋の家に戻ってきたのです。実際の年齢よりも三歳年下の、朔二郎さんが愛人に生ませた娘として」

「けれども……笙子さんはそんなことを覚えていなかった」

動揺を抑えきれないのか、震える声で銀京はそう言った。

「生まれてからずっと、男の子として育てられてきたのに、急に、おまえは明日から女の子だ、と言われる。そうして名前も変えられる。子どもでなくてもショッキングな出来事だと思います。アイデンティティが崩壊しても無理はない。だから」

「忘れてしまったのですか？」

今泉は首を横に振った。

「殺してしまったのです。音也くんという存在を」

銀京は唇を嚙《か》んだ。

「笙子さんは、夢を見る、と言っていました。音也くんの首を絞めて殺す夢を数え切れないほど見てきた、と」

それは彼女の深層心理での出来事だったのだろうか。

今泉は話を続ける。

「うちの助手が調べたところ、音也くんが手術を終えたのは、彼が死んだとされる日の数日前です。そうして、音也くんを隠すために、その頃のお弟子さんがひとり、こっそり彼を——もう彼女と呼ぶべきかもしれませんが——大磯の別荘に連れて行った。そこには数日だけいて、そのあとはそのお弟子さんの生家に向かったそうですが、たぶん、そのときに抜け出してあなたに会いに行ったのだと思います」

銀京は口を閉ざしていた。

「その頃はまだ、音也くんから笙子さんへの精神的な生まれ変わりが行われていなかったのかもしれない。それとも、あなたに会いたかったがために、一日だけ音也くんが甦《よみがえ》ったのかもしれません。もう今となっては確かめるすべもありませんが」

「あの日の音也くんは、どこか遠くて、ぼくは不安でたまらなかった。彼に、もう二度と会えないような気がしていた」

うつろな口調で銀京は語る。そう、たぶんその少年は銀京に、最後の別れにきたのだろう。

「子どもの頃の記憶は後からの情報で構成されることも多いです。たぶん笙子さんにもそんなふうに、母親の顔を写真で見せたり、自分の生い立ちだとかを話してきかせたのでしょう。けれども、そんな記憶は薄っぺらだ。彼女が不安定なのは、小さな頃の記憶がすっぽりと抜けているからかもしれません」

銀京は驚いたように顔を上げた。

「笙子さんに会ったのですか？」

「ぼくは会っていません。ですが、ぼくの助手が彼女に会ったそうです。彼女が今通っている病院で」

膝《ひざ》の上の銀京の手がきつく握りしめられる。

わたしは今気づいた。銀京が言っていた好きな女性というのは、その笙子という女性なのだろうか。

「あなたの師匠は、あなたが笙子さんに近づくことをよく思っていないようですね」

今泉に言われて、銀京はため息をつくように頷いた。

「笙子さんのことというより、音也くんのことを調べることに反対されました。人が隠そうとしていることを暴くものじゃない、と。梨園《りえん》の中で敵を作っていいことなんかなにもないのだから、と。師匠の言うこともっともだと思いました。けれどもどうしてもやめられなかった。最後に会ったときの音也くんの顔と、自分が兄を殺したのではないかと苦しむ笙子さんの顔が頭から離れなくて」

今泉は顔の前で手を組んだ。ゆっくりと言う。

「知らなかったふりを押し通すこともできますよ」

銀京は少し考え込んで、顔を上げた。

「いえ、それでもぼくは笙子さんにもう一度会いたい。会って言いたいのです」

銀京はまっすぐに今泉を見据えた。

「ずっと、あなたを探していた、と」


終演後の楽屋で、師匠とわたしは今泉を待った。

弟弟子の鈴音がお茶を運んでくる。師匠はそれを受け取りながら、ちらりとわたしを横目で見た。

「今日は稽古《けいこ》はないのかい」

わたしは頷いた。稽古がある日でなくてよかった。もし、そうなら、今泉がなにを見つけたのか聞くこともできず、放り出されているだろう。

「長浦役は、その後どうだい？」

聞かれて、思わず笑いが引きつる。

「いえ……頑張ってはいるんですが」

悪役なのに愛嬌《あいきょう》を感じさせなければならない、難しい役だ。自分よりもはるかに大きなものに、むしゃぶりついているような感じで、ちっとも思い通りにならない。

師匠は少し呆《あき》れたような顔でわたしを見た。

「まったく……しょうがないねえ。時間のあるときに、少し見てやるとするかねえ」

師匠の口から出たことばが信じられずに、わたしは目を見開いた。この世界では芸は自分で盗むもの。師匠が見て、指導してくれるなんて、よほどのことだ。

わたしは勢いよく頭を下げた。

「ど、どうもありがとうございます!」

「あんたのためにするんじゃないよ。出来の悪い弟子を持ったと思われるのが嫌だからね」

師匠の毒舌もまったく気にならない。

そのとき、暖簾《のれん》が揺れて、今泉が顔を出した。師匠が笑顔になる。

「ああ、今泉さんいらっしゃい」

「遅くなって申し訳ありません」

今泉は頭を下げながら楽屋に入ってきた。鈴音が新しいお茶を淹《い》れに行く。

「お疲れのところ、お時間をとらせてしまって申し訳ありません」

頭を下げる今泉に、師匠は笑いかけた。

「もとはわたしがお願いしたことですから。こちらの方こそ申し訳なく思っていますよ」

今泉は少し苦しそうに笑った。沈黙が続く。

鈴音がお茶を運んでくる。師匠は無理に今泉を促そうともせず、湯飲みをすすった。

今泉は決意したように、口を開いた。

「景太郎くんのことですが、たぶん警察の判断したとおり、喘息《ぜんそく》の原因になった薬は、彼自身が飲んだのだと思います」

それを聞いて、妙な気分になる。裏に誰の悪意も介入していなかったことに少しだけ安心し、けれども偶然が彼の命をさらっていったということに理不尽な思いを抱く。

今泉は話を続ける。

「けれどもそれは事故などではなく……彼は覚悟の上でその薬を飲んだのだと思います」

わたしは目を見開いた。

「じゃあ、自殺だと言うのかい。あんな小さな子が……！」

「子どもでも絶望することはある。それに死の概念が曖昧《あいまい》だからこそ、簡単に踏み出してしまうということもある」

師匠は冷ややかな声で言った。

「その根拠は？」

「彼が周りのことをよく見る子どもだったことは、師匠にもわかっていると思います。育った環境のせいか、周りをじっと見て、その中で自分がどうすればいちばんじゃまにならないか。いちばんみんなから誉めてもらえるか、そう判断していたと思います。そうして、彼は気づいた。自分がいることで、母親の再婚話が壊れてしまいそうになっている。別れた父親は、景太郎くんのことを引き取りたがっていたから、そちらにやられてしまうかもしれない。けれども、彼は父親とはそりが合わず、父のことを恐れていた……」

「だから、彼が自殺した、というのはあまりに短絡的ではないですか？」

「もちろんです。けれども、彼がそのようなことを漏らしたことを、聞いた人がいます。それに、彼がそのとき舞台で演じていたのは、母親のために死ぬことによって誉められ、その死を嘆き悲しんでもらえる子どもの役だった」

けれども証拠はなにもない。ただそれだけで自殺と判断することはできない。

今泉は視線をそらした。自分の口の中でたしかめるようにゆっくりと語る。

「ぼくは彼が、試したのだと思います」

「試した？」

「自分が本当に必要とされていないのか、どうかを」

師匠の顔が強ばったような気がした。

「薬を飲んで、症状が出たからといって死ぬとは限らない。誰かが気づいて、早く病院に運べば助かるかもしれない。自殺というのにはあまりに緩やかな方法だ。彼は自分の運命を天に委《ゆだ》ねてみたのだと思います。自分が必要とされているのなら、世界は自分を救ってくれるだろう。ゲームやアニメの世界では、悪役は死ぬけれども、主人公やその仲間はピンチになっても必ず誰かが助けてくれる」

「でも……あんな大道具部屋にいたんじゃ、気づくはずがないじゃないか」

思わず声を張り上げたわたしを、今泉は見た。

「そう、それだけが謎《なぞ》なのです。わたしはこう考えています。景太郎くんが、薬を飲んだのは、大道具部屋ではない。舞台の上だったのではないかと」

しばらく、わたしは今泉のことばを理解できなかった。だが、師匠はさして動揺したふうでもなく、黙っていた。

「千松の出番は、前半が長く、途中で一度袖《そで》に引っ込んでから、後半の出になりますね。後半は、実際演技するのは少しで、あとは死体としてずっと舞台にいるだけだ。その、袖に一度はけたときに、彼は薬を飲んだのだと思います」


わたしは掌《てのひら》をきつく握りしめた。今泉の言うことには、証拠などなにもない。そんなことはあるはずないのだ。

空気が張りつめる。緊張の糸を断ち切るかのように、師匠がふっと息を吐いた。

「そうではないかと思っていました」

「師匠！」

「最後の、千松を抱いてかき口説く場面で、抱き上げたあの子の身体が妙に弛緩《しかん》していて、あれ、と思ったことは覚えています。けれどもわたしはすぐに芝居の中に入り込んでしまったのです。言い訳するようですが、なにも見えなくなってしまったのです。けれども、後になってもしかしたら、と思うことは何度もありました。だから、あなたに告発してほしかったのです。わたしが死にゆく子どもを抱いて、芝居を続けていた罪深い人間だということを」

師匠は凜《りん》と背筋をのばして、そう言った。今泉は首を横に振った。

「わたしは歌舞伎に関しては素人です。けれども、舞台の上には魔物がいると思います。そこにあるはずの現実すら上書きしてしまうほどの、魔物が。菊花師匠、あなたひとりが罪を感じる必要はない。バランスを欠いた、不安定なものがいくつもあって、それがすべてあの少年のところに雪崩れ込んでしまったのです」

「待ってくれよ！」

わたしは思わず話に割り込んだ。

「じゃあ、誰があの子を大道具部屋に運んだというんだい！」

「それは……」

口ごもった今泉に、声がかぶさった。

「わたしが運びました」

楽屋の入り口に立っていた鈴音が、まっすぐにこちらを見ていた。師匠は扇子で風を送りながら、台詞《せりふ》のようにつぶやいた。

「ああ、やっぱりおまえだったのかい」

「幕が下りた後、景太郎くんが動かないことに気づきました。子役が眠ってしまうのは、よくあることだから、抱き上げて楽屋に運ぼうとしたときに、気がついたのです。彼はもう息をしていなかった」

鈴音は膝をついて座った。頭を深く下げる。

「急病だと思いました。もしかして、今、病院に運べば助かるかもしれない、と少し思いました。けれども、助からなかったときに、師匠にどのような目が向けられるかと思うと、どうしていいかわからなくなって……気づいたら……地下まで下りてしまっていた」

本当に子どもの遺体を抱いて、師匠が芝居を続けていたのだと、まわりに知られたら……そう思うとわたしも息が詰まる。

わたしだって鈴音と同じことをしたかもしれない。

鈴音は畳に擦《こす》りつけるように頭を下げた。

「本当に……申し訳ないと思っています」

「よしなさい。おまえが頭を下げる必要はないよ」

師匠はきっぱりと言った。そうして今泉の方に向き直る。

「嫌なことを押しつけてしまって、申し訳ありませんでした。これではっきりと真実が語れます」

今泉は激しく首を横に振った。

「菊花さん、いけません」

「けれども隠し通すことはできません」

「市村月之助さんが、城山さんとの結婚の話を進めています。もし、ここで景太郎くんの死に注目が集まれば、またそれも押しつぶされてしまうでしょう。お願いです。そっとしておいてあげてください。月之助さんと、城山さんのために」

師匠はしばらく黙りこくっていた。わたしは、心の中で、今泉に何度も礼を言った。

終　章

その日、わたしのもとに、優しい目をした男の人が現れた。

「お芝居を見に行きませんか？」

その人はそう言ってわたしを誘った。なんだか不思議な気がした。

「お芝居？」

「ええ、今、桜姫のお芝居をやっています。それをあなたと一緒に見に行きたいのです」

桜姫。その単語が一瞬だけ、なにかを呼び起こしそうになる。

「それと、あなたのお母さんのことについて、話がしたいのです」

そう言われてわたしはとても驚いた。けれども、母のことについて話はしたくない。

陽平兄さんから聞いた。父はわたしをそのまま男の子として、育てようとしていたのだけれど、それに激しく反対したのは母だったのだと。

母の主張でわたしは別の名前、別の人間として生まれ変わることになったのだと。

けれどもわたしはそんなふうに生まれ変わりたくなんかなかった。たとえ、身体をねじまげても、音也のままで生きていたら、父から疎まれることもなく、父や母にとって必要な存在でいられたのに。

けれども、その人の表情はあまりに優しくて、わたしはついていきたいような気持ちになる。

こんなふうに人と一緒にいたいと思えたのはひさしぶりのことのような気がした。前はいつだっただろう。とても日差しの明るい場所だったと思う。

わたしは彼の運転する車に乗った。

「あなたのお母さんの話ですが……」

「やめて」

わたしは彼のことばを遮る。

「母の話は聞きたくない」

わたしを殺したのはあの人なのだから。

その人はとても悲しそうな顔をした。そうして言う。

「音也くんだったときのことを覚えていますか？」

覚えていると言っていいのだろうか。少しずつ思い出してきている。子役で舞台に立てることがとても楽しかったこと、先代萩《せんだいはぎ》で鶴千代の役をやって誉められたこと、蘭平《らんぺい》の役がかっこよくて、いつか演じてみたいと思っていたこと。

「京介くんのことを覚えていますか？」

急に記憶の扉が開いた。思い出した。海の近くの家に行ったとき、いつも一緒に遊んだ友だち。海よりも京介くんと遊べることの方が、楽しみだった。そして……。

数珠《じゅず》繋《つな》ぎのようになって記憶は甦《よみがえ》ってくる。わたしはぼんやりとそれを反芻《はんすう》した。

京介くん。

車は劇場についた。きたことのないような小さな劇場だった。彼に促されて、わたしは下りる。

しばらく、人と話をすることもなかった。親しくない人とは会うことすら怖かった。けれどもこの人少しも怖くない。どうしてなのだろう。

わたしはその人と一緒に先に劇場の中に入った。

開演前でざわつく劇場の椅子《いす》に座る。隣にいる彼は無口で、それをいいことにわたしは、京介くんのことを思い出していた。わたしにとって、彼は特別の友だちだった。でも、どうして特別だと思ったんだろう。

舞台の幕が開いた。わたしの中でまたなにかが揺れる。

前にも一度、こんなことがあった。

それもそう遠くない昔だ。記憶はぶれた残像のように少しずつ現実と重なっていく。

舞台に現れたのは、朱鷺色《ときいろ》の広振袖《ひろふりそで》に身を包んだお姫様だった。

わたし、あなたを知っている。

権助 ヤ、この刺青《ほりもの》は。

桜姫 そなたの腕《かいな》に。

権助 ムウ。そんならこれをあの折に。

わが腕へ思い入れ、桜姫取つき、

桜姫 忘れもやらぬ去年《こぞ》の春、まだ如月《きさらぎ》の稍《やゝ》寒さ、夜半《よは》の枕《まくら》にこっそりと、忍ぶ男の顔さえも、頭布まぶかに見え分《わか》ず、怖うてぞっと慄《ふる》う手を。

権助 いやおうなしに引き寄せて、まだ初物の七十五日、生き延びるとは延喜の好い、無理な仕事に思わずも、手間を取るのも思案の外、鶏のなく音《ね》におどろいて、そのまゝずっと出《い》で行くを。

桜姫 心づかねば引とむる。はずみに腕《かいな》の入れ墨に、鐘に桜も有明の、灯《あかり》に一目見たばかり、どんな顔やら殿ごやら。

権助 泥棒騒ぎに驚いて、そんならあれがと、さぞびっくり。しかしこっちは可愛いさが、まして年端《としは》は十六七、どうぞま一度あんな目に。

桜姫 めぐり逢うべき印にと、われとわが手へこのように。

権助 わっちと同じ入れ黒子《ぼくろ》。そうとは知らず、どんな気で、居るやらすびいて見ようそとわれと望んで入間の使い。

桜姫　廻《めぐ》り逢瀬も。

権助　今日鎌倉。

桜姫　不思議な縁《えにし》も、

二人　あるものだなア。

思い出した。わたしは母に言ったのだ。

「京介くんのことが好きだ」と。

彼のことが眩《まぶ》しくて、黙っていると押しつぶされそうだったから、わたしは母にそう話した。母は少し驚いて、でも笑った。

思い出した。

だから、母は、わたしに女としての人生を歩ませようと思ったのだ。

わたしは口元を手で覆った。でないと嗚咽《おえつ》が漏れてしまいそうだった。

泣くような悲しい舞台でもないのに。

舞台の上の姫君は流浪する。姫から、乞食に、そうして女郎に、世を疎み、子を産み、身を売り、そうして、子を殺しても、傷つくことなく鮮やかに立つ。

とても強く、そして美しいと、わたしは思った。
拍手と柝《き》の頭《かしら》が響いて、幕が下りる。わたしも精一杯手を叩《たた》いていた。
隣にいた人が、わたしの方を見て言った。
「京介くんに会いますか？」
わたしは頷《うなず》いた。
ずっと、彼に会いたかった。

解説

藤田香織

二〇〇七年は、作家・近藤史恵ファンにとって実に印象的な、「嬉《うれ》しい悲鳴」をあげ続けた一年だったのではないでしょうか。

『ふたつめの月』（文藝春秋）で『賢者はベンチで思索する』（文藝春秋）の久里子&国枝老人との再会が叶《かな》ったと思いきや、翌月にはキュートな清掃人・キリコシリーズ（モップシリーズとも言いますね）の新刊『モップの魔女は呪文を知ってる』（実業之日本社）が発売され、夏には自転車ロードレースという目新しい題材を用いた『サクリファイス』（新潮社）が世間を賑《にぎ》わし、秋には新シリーズとなる美食ミステリー『タルト・タタンの夢』（東京創元社）が届けられました。『サクリファイス』は、キノベス（紀伊國屋書店のスタッフによる年間おすすめ本企画）第一位に輝いたほか、週刊文春ミステリーベスト10で第五位、「このミステリーがすごい！」国内第七位など、数々の年末のベスト本企画にランクイン。一方で、初の警察小説である南方署強行犯係シリーズの第一作『狼の寓話』（徳間書店）、本書も連なる歌舞伎シリーズの最新作『二人道成寺』（文藝春秋）の文庫化もありました。

個人的にも、一九九三年に『凍える島』(東京創元社文庫)で第四回鮎川哲也賞を受賞して作家・近藤史恵が誕生して以来十五年間で、いちばん強く、濃く、近藤作品を、いや、彼女の存在そのものを意識させられた年となった気がします。

近藤作品を読み続けてきて良かったと、やっぱりこの著者が好きだ！　と、つくづく感じることができた幸せな一年間でした。

明けて〇八年。これまで以上に注目が集まること確実な今年、最初に送り出されたのが本書『桜姫』です。この事実に「いやいや、それはそれは……」と感慨を抱いた方も、少なくないでしょう。が、その理由に触れるのはちょっと後に回して、まずは軽く内容を紹介しておきたいと思います。

本書はデビューの翌年刊行された『ねむりねずみ』(創元推理文庫)、九八年の『散りしかたみに』(角川文庫)に続き、『二人道成寺』の前作となる、歌舞伎シリーズの第三作です。本シリーズは大学を中退した後、養成所を経て梨園《りえん》に飛び込んだ大部屋役者・瀬川小菊が語り手の一方となり、学生時代の友人で探偵事務所を営む今泉文吾の協力を得て、歌舞伎界で起きた事件や謎を解き明かしてゆく、という「形」となっています。

そうした小菊の視点とほぼ交互に、毎回、役者やその周囲の人々特有の苦悩や葛藤《かっとう》が描かれ、「事件」の真相に読者の思いもよらぬ形で絡んでくるのですが、今回、その役を担うのは、大物歌舞伎役者・市村朔二郎の娘・笙子。父と不仲で実家を離れ、ひとり暮らし中の彼女は、ある日、大部屋役者たちの勉強会へ足を運び、若手の女形役者・中村銀京と出会います。そこで銀京から〈「あなたのお兄さんに、お会いしたことがあります。だから、あなたに会いたかったのです」〉と打ち明けられる。十五年前に病死したとされる兄・音也。彼は笙子にとっても、父・朔二郎にとっても、違った意味で忘れようにも忘れられぬ存在でした。言葉に出すことさえ出来ないほど大きな痛みを伴う記憶。そんな中、銀京は音也と共に写った一枚の写真を示し、彼の死に疑問があるのだと笙子に告げるのです。かねてから、兄は病死したのではない、自分が殺してしまったのではないかと疑惑を抱き続けていた笙子は、銀京とともに真相を探ろうと動き出します。

一方、銀京と同じく大部屋の女形役者である小菊は、勉強会で演じた「桜姫《さくらひめ》東文章《あずまぶんしょう》」が、本公演になるというビッグニュースを聞かされたにもかかわらず、気持ちが晴れません。どうにも手の中で踊らされている気がする。〈成功への最短距離を、将棋の手を読むように読みとることのできる〉「桜姫」を演じた銀京の計画に乗せられている気がする。どうしてこんなに気に障るのか。これは嫉妬《しっと》なのか。思い悩む小菊は次期人間国宝と噂される師匠・瀬川菊花に本公演への覚悟を問われます。そこに、菊花が大役を務め上演中の「伽羅先代萩《めいぼくせんだいはぎ》」に子役として出演していた少年が、行方不明になり、翌日劇場地下の大道具部屋で遺体となって発見される事件が発生するのです。

笙子の兄・音也と、子役少年の「死」の真相は、明確な太い線で繋《つな》がっているわけではありません。けれど、そうした一見無関係に見える出来事の奥底に流れる心情を、著者は「桜姫東文章」という鶴屋南北の名作に被《かぶ》せ解き放った。これは『ねむりねずみ』の「絵《え》本太功記《ほんたいこうき》」や「義賢最期《よしかたさいご》」、『散りしかたみに』の「本朝廿四孝《ほんちようにじゆうしこう》」、『二人道成寺』の「摂《せっ》州合邦辻《しゆうがつほうがつじ》」でも見られる歌舞伎シリーズの醍醐味《だいごみ》なのですが、著者の手にかかると歌舞伎に関する知識の薄い（私もです）読者であっても、その世界に誘い込まれ、「この話をもっと深く知りたい」「歌舞伎って面白そう！」と興味を抱かずにはいられなくなってしまうのが凄《すご》い。

それはいったい何故なのか。

その最大の理由は、単純ですがやはり著者の「歌舞伎・愛」の強さによるところが大きいと私は思うのです。

〈もし、歌舞伎を好きでなかったら、わたしは小説を書き続けることができなかったかもしれない〉

近藤さんは、『二人道成寺』のあとがきで、そう記しています。が、「好き」な物事の魅力を、興味のない他者に伝えるのはとても難しいもの。語りすぎれば白けるし、足らなければ伝わらない。特に歌舞伎のような伝統芸能は、まだまだ敷居が高いと感じる人も多いでしょう。けれど、近藤さんの「歌舞伎・愛」力は、ただ事じゃない。だからこそ、絶妙な匙加減《さじかげん》で、歌舞伎シリーズは読者を摑《つか》むことに成功したのではないでしょうか。

そのほとばしる愛情度合いは『二人道成寺』をお読み頂くとして、ここではひとつだけ。彼女がそれほどまでに歌舞伎に夢中になったきっかけが、本で読んだ「桜姫東文章」だった、ということを明かしておきたいのです。つまり、もし、彼女が「桜姫東文章」と出会わなかったら、私たちが、作家・近藤史恵と出会うこともなかったかもしれないのです。そんな作品をモチーフに小説を書くことは、恐れにも近い覚悟があったに違いないと想像するのは難くありません。飛躍の年となったと言っても過言ではない、その翌年の幕開けに、本書『桜姫』が文庫化され、多くの人の手に届くであろうことを思うと、近藤作品ファンとしては「いやいや、それはそれは……」と、呟《つぶや》かずにはいられないわけです。

最後に。今、まさに近藤史恵を「好き」になる予感を抱きつつある方々へ。

本書を含む歌舞伎シリーズがお好みに合ったら、ぜひ次は『巴之丞鹿の子』『ほおずき地獄』『にわか大根』と三冊が刊行済みの猿若町捕物シリーズを手にしてみて下さい。本書で菊花師匠が小菊に説いたような〈江戸時代の歌舞伎役者〉が、登場します。と同時にデビューから数えて三作目となる『ガーデン』(創元推理社文庫)も必読。時間軸としては『ねむりねずみ』の二年前で、本シリーズの探偵役・今泉文吾が最初に手掛けた事件が描かれています。院まで進み、大学講師になったにもかかわらず〈いろいろあって〉私立探偵となった今泉と、助手として働く山本くんの「いろいろな事情」が明らかにされていて、彼らに注目しつつ歌舞伎シリーズを読み返したくなること確実。

前に触れた作品系列以外では、やはり大阪は心斎橋《しんさいばし》のビルの屋上で接骨院を営む合田力が、ヒロインたちの病める心と体を解きほぐしてゆく整体師シリーズ（カナリヤシリーズとも呼ばれている）。特に個人的には二作目の『茨姫はたたかう』（祥伝社文庫）が、女子的見地からするとポイント高し。合田の「治療」は、何かと忙しく疲労困憊《こんぱい》気味の読者の身体にも、じわじわと効き目があるはずです。

先に、私は著者にとって〇七年は「飛躍の年となったと言っても過言ではない」と書きました。けれど、こうして過去の作品を振り返ってみると、だからといって「この年、作家としてひとつの頂点に達した」的な言葉でまとめたくはない、という気持ちが込み上げてくるのもまた事実。いやいや、まだまだ、悪いけど（誰にだろう？）「頂点」なんて見えません。もっとずっと近藤史恵の小説を読みたい。今年も、来年も、再来年も「好きだ！」と叫びたい。そんな期待を彼女は抱かせてくれるのです。これがどれほど幸福で、どれほど狂おしいことか、理解して頂けるでしょうか。

近藤史恵は、好きになったらやめられない。

既にその幕は開きました。さぁ、覚悟して、ともに往《い》きましょう。

本書は平成十四年一月、小社より刊行された単行本を文庫化したものです。

桜《さくら》姫《ひめ》

近《こん》藤《どう》史《ふみ》恵《え》

平成20年 2月25日　初版発行
令和7年 5月10日　12版発行

発行者●山下直久

発行●株式会社KADOKAWA
〒102-8177　東京都千代田区富士見2-13-3
電話　0570-002-301（ナビダイヤル）

角川文庫 15027

印刷所●株式会社KADOKAWA
製本所●株式会社KADOKAWA

表紙画●和田三造

●お問い合わせ
https://www.kadokawa.co.jp/（「お問い合わせ」へお進みください）
※内容によっては、お答えできない場合があります。
※サポートは日本国内のみとさせていただきます。
※Japanese text only

ISBN978-4-04-358502-1　C0193

角川文庫発刊に際して

角川源義

第二次世界大戦の敗北は、軍事力の敗北であった以上に、私たちの若い文化力の敗退であった。私たちの文化が戦争に対して如何に無力であり、単なるあだ花に過ぎなかったかを、私たちは身を以て体験し痛感した。西洋近代文化の摂取にとって、明治以後八十年の歳月は決して短かすぎたとは言えない。にもかかわらず、近代文化の伝統を確立し、自由な批判と柔軟な良識に富む文化層として自らを形成することに私たちは失敗して来た。そしてこれは、各層への文化の普及滲透を任務とする出版人の責任でもあった。

一九四五年以来、私たちは再び振出しに戻り、第一歩から踏み出すことを余儀なくされた。これは大きな不幸ではあるが、反面、これまでの混沌・未熟・歪曲の中にあった我が国の文化に秩序と確たる基礎を齎らすためには絶好の機会でもある。角川書店は、このような祖国の文化的危機にあたり、微力をも顧みず再建の礎石たるべき抱負と決意とをもって出発したが、ここに創立以来の念願を果すべく角川文庫を発刊する。これまで刊行されたあらゆる全集叢書文庫類の長所と短所とを検討し、古今東西の不朽の典籍を、良心的編集のもとに、廉価に、そして書架にふさわしい美本として、多くのひとびとに提供しようとする。しかし私たちは徒らに百科全書的な知識のジレッタントを作ることを目的とせず、あくまで祖国の文化に秩序と再建への道を示し、この文庫を角川書店の栄ある事業として、今後永久に継続発展せしめ、学芸と教養との殿堂として大成せんことを期したい。多くの読書子の愛情ある忠言と支持とによって、この希望と抱負とを完遂せしめられんことを願う。

一九四九年五月三日

角川文庫ベストセラー

散りしかたみに　近藤史恵

歌舞伎座での公演中、芝居とは無関係の部分で必ず桜の花びらが散る。誰が、何のために、どうやって この花びらを降らせているのか？ 一枚の花びらから、梨園の中で隠されてきた哀しい事実が明らかになる――。

ダークルーム　近藤史恵

立ちはだかる現実に絶望し、窮地に立たされた人間たちが取った異常な行動とは。日常に潜む狂気と、明かされる驚愕の真相。ベストセラー『サクリファイス』の著者が厳選して贈る、8つのミステリ集。

青に捧げる悪夢　岡本賢一・乙一・恩田 陸・小林泰三・近藤史恵・篠田真由美・瀬川ことび・新津きよみ・はやみねかおる・若竹七海

その物語は、せつなく、時におかしくて、またある時はおぞましい――。背筋がぞくりとするようなホラー・ミステリ作品の饗宴！ 人気作家10名による恐くて不思議な物語が一堂に会した贅沢なアンソロジー。

グラスホッパー　伊坂幸太郎

妻の復讐を目論む元教師「鈴木」。自殺専門の殺し屋「鯨」。ナイフ使いの天才「蟬」。3人の思いが交錯するとき、物語は唸りをあげて動き出す。疾走感溢れる筆致で綴られた、分類不能の「殺し屋」小説！

マリアビートル　伊坂幸太郎

酒浸りの元殺し屋「木村」。狡猾な中学生「王子」。腕利きの二人組「蜜柑」「檸檬」。運の悪い殺し屋「七尾」。物騒な奴らを乗せた新幹線は疾走する！『グラスホッパー』に続く、殺し屋たちの狂想曲。

角川文庫ベストセラー

世界の終わり、あるいは始まり　歌野晶午

東京近郊で連続する誘拐殺人事件。事件が起きた町内に住む富樫修は、ある疑惑に取り憑かれる。小学六年生の息子・雄介が事件に関わりを持っているのではないか。そのとき父のとった行動は……衝撃の問題作。

ジェシカが駆け抜けた七年間について　歌野晶午

カントクに選手生命を台無しにされたと、失意のうちに自殺したマラソンランナーのアユミ。同じクラブ・チームのジェシカは自分のことのように胸を痛めて泣いた。それから七年後。新たな事件が起こり……。

女王様と私　歌野晶午

さえないオタクの真藤数馬は、無職でもちろん独身。ある女王様との出会いが、めくるめく悪夢の第一歩だった……ミステリ界の偉才が放つ、超絶エンタテインメント！

ハッピーエンドにさよならを　歌野晶午

望みどおりの結末なんて、現実ではめったにないと思いませんか？　もちろん物語だって……偉才のミステリ作家が仕掛けるブラックユーモアと企みに満ちた奇想天外のアンチ・ハッピーエンドストーリー！

家守　歌野晶午

何の変哲もない家で、主婦の死体が発見された。完全な密室状態だったため事故死と思われたが、捜査のうちに30年前の事件が浮上する。歌野晶午が巧みに描く「家」に宿る5つの悪意と謎。衝撃の推理短編集！

角川文庫ベストセラー

雪月花黙示録　恩田　陸

私たちの住む悠久のミヤコを何者かが狙っている……！　謎×学園×ハイパーアクション。恩田陸の魅力全開、ゴシック・ジャパンで展開する『夢違』『夜のピクニック』以上の玉手箱!!

覆面作家は二人いる　北村　薫

姓は〈覆面〉、名は〈作家〉。弱冠19歳、天国的美貌の新人推理作家・新妻千秋は大富豪令嬢。若手編集者・岡部を混乱させせながら鮮やかに解き明かされる日常世界の謎。お嬢様名探偵、シリーズ第一巻。

覆面作家の愛の歌　北村　薫

天国的美貌の新人推理作家の正体は大富豪の御令嬢。しかも彼女は、現実の事件までも鮮やかに解き明かすもう一つの顔を持っていた。春、梅雨、新年……三つの季節の三つの事件に挑む、お嬢様探偵の名推理。

覆面作家の夢の家　北村　薫

人気の「覆面作家」こと新妻千秋さんは、実は大邸宅に住むお嬢様。しかも数々の謎を解く名探偵だった。今回はドールハウスで起きた小さな殺人に秘められた謎に取り組むが……。

冬のオペラ　北村　薫

名探偵はなるのではない、存在であり意志である——名探偵巫弓彦に出会った姫宮あゆみは、彼の記録者になった。そして猛暑の下町、雨の上野、雪の京都で二人は、哀しくも残酷な三つの事件に遭遇する……。

角川文庫ベストセラー

元気でいてよ、R2-D2。　北村　薫

「眼は大丈夫？」夫の労りの一言で、妻が気付いてしまった事実とは（「マスカット・グリーン」）。普段は見えない真意がふと顔を出すとき、世界は崩れ出す。人の本質を巧みに描く、書き下ろしを含む9つの物語。

八月の六日間　北村　薫

40歳目前、雑誌の副編集長をしているわたし。仕事はハードで、私生活も不調気味。そんな時、山の魅力に出会った。山の美しさ、恐ろしさ、人との一期一会を経て、わたしは「日常」と柔らかく和解していく――。

狂王の庭　小池真理子

「僕があなたを恋していること、わからないのですか」昭和27年、国分寺。華麗な西洋庭園で行われた夜会で、彼はまっしぐらに突き進んできた。庭を作る男と美しい人妻。至高の恋を描いた小池ロマンの長編傑作。

青山娼館　小池真理子

東京・青山にある高級娼婦の館「マダム・アナイス」。そこは、愛と性に疲れた男女がもう一度、生き直す聖地でもあった。愛娘と親友を次々と亡くした奈月は、絶望の淵で娼婦になろうと決意する――。

二重生活　小池真理子

大学院生の珠は、ある思いつきから近所に住む男性・石坂を尾行、不倫現場を目撃する。他人の秘密に魅了された珠は観察を繰り返すが、尾行は珠と恋人との関係にも影響を及ぼしてゆく。蠱惑のサスペンス！

角川文庫ベストセラー

ホテルジューシー　坂木　司

天下無敵のしっかり女子、ヒロちゃんが沖縄の超アバウトなゲストハウスにて繰り広げる奮闘と出会いと笑いと涙と、ちょっぴりドキドキの日々。南風が運ぶ大共感の日常ミステリ!!

大きな音が聞こえるか　坂木　司

退屈な毎日を持て余していた高1の泳は、終わらない波・ポロロッカの存在を知ってアマゾン行きを決める。たくさんの人や出来事に出会いぶつかりながら、泳は少しずつ成長していき……胸が熱くなる青春小説！

クローズド・ノート　雫井脩介

自室のクローゼットで見つけたノート。それが開かれたとき、私の日常は大きく変わりはじめる——。『犯人に告ぐ』の俊英が贈る、切なく温かい、運命的なラブ・ストーリー！

つばさものがたり　雫井脩介

パティシエールの小麦は、ケーキ屋を開くため故郷に戻ってきた。だが小麦の店を見て甥の叶夢は「はやらないよ」と断言する。叶夢の友達の「天使」がそう言っているらしいのだが……感涙必至の家族小説。

夢のカルテ　高野和明　阪上仁志

毎夜の悪夢に苦しめられている麻生刑事は、来生夢衣というカウンセラーと出会う。やがて麻生は夢衣に特殊な力があることを知る。彼女は他人の夢の中に入ることができるのだ——。感動の連作ミステリ。

角川文庫ベストセラー

崩れる 結婚にまつわる八つの風景 貫井徳郎

崩れる女、怯える男、誘われる女……ストーカー、DV、公園デビュー、家族崩壊など、現代の社会問題を「結婚」というテーマで描き出す、狂気と企みに満ちた、7つの傑作ミステリ短編。

水の時計 初野晴

脳死と判定されながら、月明かりの夜に限り話すことのできる少女・葉月。彼女が最期に望んだのは自らの臓器を、移植を必要とする人々に分け与えることだった。第22回横溝正史ミステリ大賞受賞作。

漆黒の王子 初野晴

歓楽街の下にあるという暗渠。ある日、怪我をした〈わたし〉は〈王子〉に助けられ、その世界へと連れられたが……眠ったまま死に至る奇妙な連続殺人事件。ふたつの世界で謎が交錯する超本格ミステリ！

退出ゲーム 初野晴

廃部寸前の弱小吹奏楽部で、吹奏楽の甲子園「普門館」を目指す、幼なじみ同士のチカとハルタ。だが、さまざまな謎が持ち上がり……各界の絶賛を浴びた青春ミステリの決定版、〝ハルチカ〟シリーズ第1弾！

初恋ソムリエ 初野晴

ワインにソムリエがいるように、初恋にもソムリエがいる?! 初恋の定義、そして恋のメカニズムとは……お馴染みハルタとチカの迷推理が冴える、大人気青春ミステリ第2弾！

角川文庫ベストセラー

空想オルガン　初野晴

吹奏楽の〝甲子園〟——普門館を目指す穂村チカと上条ハルタ。弱小吹奏楽部で奮闘する彼らに、勝負の夏が訪れた!! 謎解きも盛りだくさんの、青春ミステリ決定版。ハルチカシリーズ第3弾!

千年ジュリエット　初野晴

文化祭の季節がやってきた! 吹奏楽部の元気少女チカと、残念系美少年のハルタも準備に忙しい毎日。そんな中、変わった風貌の美女が高校に現れる。しかも、ハルタとチカの憧れの先生と親しげで……。

さまよう刃　東野圭吾

長峰重樹の娘、絵摩の死体が荒川の下流で発見される。犯人を告げる一本の密告電話が長峰の元に入った。それを聞いた長峰は半信半疑のまま、娘の復讐に動き出す——。遺族の復讐と少年犯罪をテーマにした問題作。

使命と魂のリミット　東野圭吾

あの日なくしたものを取り戻すため、私は命を賭ける——。心臓外科医を目指す夕紀は、誰にも言えないある目的を胸に秘めていた。それを果たすべき日に、手術室を前代未聞の危機が襲う。大傑作長編サスペンス。

夜明けの街で　東野圭吾

不倫する奴なんてバカだと思っていた。でもどうしようもない時もある——。建設会社に勤める渡部は、派遣社員の秋葉と不倫の恋に墜ちる。しかし、秋葉は誰にも明かせない事情を抱えていた……。